TÂNIA ALEXANDRE MARTINELLI

procura-se um planeta sustentável

ilustrações
Camila de Godoy Teixeira

DIÁLOGO

editora scipione

Gerência editorial
Sâmia Rios

Edição
Mauro Aristides

Assistência editorial
José Paulo Brait

Preparação de texto
Ivonete Leal Dias

Revisão
Claudia Virgilio,
Viviane Teixeira Mendes
e Paulo Stefani

Coordenação de arte
Maria do Céu Pires Passuello

Diagramação
Carla Almeida Freire

Programação visual de capa e miolo
Didier Dias de Moraes

editora scipione

Avenida das Nações Unidas, 7221
Pinheiros
CEP 05425-902 – São Paulo – SP

ATENDIMENTO AO CLIENTE
Tel.: (0xx11) 4003-3061

www.aticascipione.com.br
e-mail: atendimento@aticascipione.com.br

2018

ISBN 978-85-262-8294-0 – AL

CAE: 262471

CL: 737840

IS: 248702

2.ª EDIÇÃO
13.ª impressão

Impressão e acabamento
Gráfica Paym

Dados Internacionais de Catalogação na Publicação (CIP)
(Câmara Brasileira do Livro, SP, Brasil)

Martinelli, Tânia Alexandre

Procura-se um planeta sustentável / Tânia Alexandre Martinelli; ilustrações de Camila de Godoy Teixeira. – São Paulo: Scipione, 2004. (Série Diálogo)

1. Literatura infantojuvenil I. Teixeira, Camila de Godoy. II. Título. III. Série.

04-0689 CDD-028.5

Índices para catálogo sistemático:
1. Literatura infantojuvenil 028.5
2. Literatura juvenil 028.5

Para Marilice Calefi, Marcos Montrásio e Lilia Torres.

Para o Greenpeace e outras tantas ONGs que lutam para pôr fim à guerra contra o planeta.

SUMÁRIO

A tragédia

Já nem se lembrava mais de como era o centro da cidade. Lotado. Fazia um bom tempo que não andava por lá. Só tinha ido mesmo por causa de uma camiseta estampada com o nome de uma de suas bandas preferidas. E ainda bem que tinha achado. Fora das lojas, o atropelo de pessoas era o mesmo. Em todos os lugares por onde passava era assim. Um sufoco.

Nos cruzamentos do calçadão havia de tudo. Rafael observou um vendedor de loteria e um homem discursando com a Bíblia nas mãos. Poucos passos separavam um do outro. O primeiro oferecia o sonho de ganhar milhões e resolver de vez a vida; o segundo, a palavra de Cristo e a salvação.

Pouco mais à frente, uma mulher e uma criança estavam sentadas debaixo de uma marquise e interpelavam a todos que por ali passavam. Do outro lado, um tocador de sanfona. Sua música contrastava com o som alto de pagode que saía de uma das lojas. Rafael olhou para o sanfoneiro. Um senhor que aparentava uns sessenta ou setenta anos, era difícil definir. Às vezes, as pessoas parecem mais velhas do que realmente são.

O garoto enfiou a mão em um dos bolsos da bermuda, tirou uma moeda e a depositou no chapéu deixado no chão. O homem agradeceu sem parar sua música, apenas fazendo um gesto com a cabeça.

Rafael continuou andando e passou em frente a uma banca de revistas. Enquanto caminhava, ouviu alguém dizer ao jornaleiro:

– É disso que nós precisamos. Emprego para as pessoas da cidade. O senhor veja só como anda a situação...

E a voz sumiu, conforme o menino se distanciava.

"Na certa, falavam sobre a multinacional", Rafael tentou adivinhar. Desde que ela se instalara na cidade, havia pouco mais de um mês, esse era um dos assuntos preferidos da população. "Será que isso não vai acabar nunca?"

Deixou de lado os senhores da banca de revista quando, de repente, percebeu uma concentração de pessoas em frente à vitrine de uma grande loja de eletrodomésticos. Toda a atenção estava voltada para os vários televisores ligados e sintonizados num mesmo canal. Rafael ficou curioso para saber o que tanta gente estaria assistindo.

Imagens maiores, menores, gigantescas. O garoto imaginou uma tevê grande como aquela em seu quarto. Será que haveria espaço para mais alguma coisa?

Foi quando realmente deixou de divagar para prestar atenção. Seus olhos engoliam vorazmente cada cena projetada. Sentimentos de espanto e terror se misturavam cada vez mais rápido dentro de sua cabeça. As pessoas também se mostravam assustadas e apreensivas.

– Coitadinhos! – Rafael ouviu alguém dizer. Num impulso, procurou com os olhos aquela voz de mulher, sem conseguir identificar. Segundos depois, voltou a atenção para a tevê.

O garoto franziu as sobrancelhas e balançou a cabeça de um lado para o outro. Não era possível que tudo estivesse acontecendo outra vez. Mais uma vez. Não era possível! Mas infelizmente era isso mesmo. Tudo se repetia sem que ninguém tivesse tomado qualquer providência. Nenhuma providência.

O noticiário informava que voluntários de uma ONG internacional, funcionários do governo e moradores locais estavam fazendo de tudo para tentar salvar o que fosse possível. Aquilo era uma tragédia!

– Acho que eles não vão conseguir...

Rafael escutou outra voz, mas agora pôde identificar. Era de uma senhora que estava ao seu lado:

– Que pena! Isso é um crime! Depois falam que nós, humanos, somos seres racionais. Tanto raciocínio para fazer isso? – a mulher esticou o braço, apontando as imagens. Rafael acompanhou o movimento com os olhos.

Na tela da tevê, homens com ferramentas tentavam bloquear o impossível. Cavavam a areia, faziam barreiras, agiam como podiam. Mas era tudo muito difícil. Outros voluntários usavam as próprias mãos como pás e, delicadamente, tomavam nos braços aqueles seres frágeis e indefesos, quase inertes.

Rafael teve a sensação de que as pobres aves, na impossibilidade de falar ou reclamar, tentavam expressar sua dor dirigindo o olhar às pessoas em volta, como se dissessem: "eu quero viver".

As gaivotas, mais uma vez, eram impedidas de voar.

Um crime!

— Crime. Isso é um crime!

Ângela escutou quando o filho bateu a porta da sala. Saiu rapidamente do quarto para ver o que estava acontecendo, tamanho o susto que levou.

– Que foi, Rafael? – a mãe perguntou, preocupada. – Eu escutei bem? Você falou em crime?

– Claro que eu falei! – ele confirmou no mesmo instante. – Um crime! É isso o que é!

A mulher mostrava-se aflita.

– Está me deixando assustada, Rafa. O que aconteceu? Você viu algum... crime?! Meu Deus do céu!

O garoto nem ligou para o que a mãe poderia estar pensando. Sentia-se longe, lá no centro da cidade, com todas aquelas imagens dos televisores à sua frente. Em vez de esclarecer, deixou-a mais preocupada ainda.

– Vi um crime, sim, mãe.

– Ah, meu Deus! – Ângela levou as mãos ao rosto, incrédula. – Onde? Quando? Como? – foi dizendo tudo de uma vez.

Rafael continuou a reclamar, muito bravo:

– Um crime igual aos que já aconteceram e que vão continuar acontecendo! E sabe por quê? Porque ninguém faz nada! Absolutamente nada! O Amaral é que está certo. O mundo está cheio de pessoas gananciosas, egoístas... – balançava a cabeça, concordando consigo mesmo.

Ângela ficou mais aliviada. Soltou os braços e olhou para o filho como se o estudasse. Se Rafael tinha falado no nome do tio era porque estava havendo algum mal-entendido naquela conversa. Resolveu esclarecer.

– Rafa – começou com calma –, do que exatamente você está falando?

– Das gaivotas, mãe! – respondeu na mesma hora, dando alguns passos num semicírculo. Em seguida, parou, voltando-se para ela. – Aliás, não só das pobres gaivotas como também dos milhares de peixes e pássaros mortos. Mortos, não! Assassinados!

A mulher continuou com os olhos fixos no garoto. Não disse nada, simplesmente ficou aguardando mais alguma explicação. Não podia negar que sentira um certo alívio, e seu coração já voltava ao ritmo normal.

– Por causa do petróleo, mãe – Rafael continuou. – Um navio petroleiro sofreu um rombo no casco e derramou não sei quantas mil toneladas de petróleo no mar. E não é a primeira vez que isso acontece, você sabe. Só que agora parece que o desastre é muito, mas muito pior!

– Nossa... – as palavras do menino conseguiram deixar Ângela sensibilizada com a situação. – E quando foi isso, Rafa?

– Hoje, agora há pouco. Vi por acaso porque passei em frente a uma loja com um monte de aparelhos de tevê ligados. Estavam dando uma notícia extraordinária.

– Então, acho que vão falar mais alguma coisa... – a mulher pegou o controle remoto no sofá e ligou a televisão.

– Como é que pode, mãe? Será que essa gente não tem coração?

– Coração eles têm, filho – Ângela respondeu sem desviar os olhos da tevê, toda a sua concentração voltada para a tela, passando de canal em canal. – Mas acidentes acontecem.

– Só que eles poderiam ser evitados! – disse Rafael, ainda nervoso. – O Amaral é que está certo. Ele, sim!

A mãe encarou o filho:

– O Amaral tem razão em muita coisa. Mas não leve tão a sério tudo o que o seu tio diz, porque...

– Por que o quê, mãe? O seu irmão é o cara mais inteligente que eu conheço!

– E o mais radical também. Por ele, a gente ainda estaria vivendo na idade da pedra – Ângela riu. Mas Rafael não gostou nem um pouco.

– Quem disse isso? Que bobagem! Ele nunca falou uma coisa dessas!

Ângela desfez o riso dos lábios e disse, séria:

– Estou brincando, Rafa – e, depois de uma pausa, continuou: – Não é bem assim, mas...

Rafael nem deixou a mãe terminar:

– Só porque ele quer que a gente aprenda a viver em paz com o planeta? Só porque ele é contra essa exploração desenfreada que o homem vem fazendo? Só porque ele se preocupa com as gerações futuras? Só por isso?

– Está bem, filho. Está bem... – Ângela teve a sensação de que Rafael queria deixá-la tonta de tanto falar. – Não vamos discutir por causa disso.

No mesmo instante, voltou a passar de canal em canal.

– Que coisa! – ela reclamou. – Não estão mais dando notícia alguma...

– Vai ver, estão esperando o jornal da noite. Na certa vão mostrar toda aquela crueldade outra vez.

E-mail 1

Rafael foi para o seu quarto. Largou a sacola com a camiseta que comprara em cima da cama e ligou o computador para acessar a Internet. Fazia tudo numa visível impaciência. Entrou em seu *e-mail*, finalmente. Nenhuma mensagem nova.

Com um dos punhos cerrados, deu um soco na mesa.

– Droga!

Já que era assim, resolveu ele mesmo escrever. Colocou o endereço do destinatário e começou:

Amaral,

Onde você está? Viu o que aconteceu, cara? E agora? O que é que a gente faz? Eu queria ajudar também, mas não sei como. O que é que eu faço?

Não demora pra responder, tá bom?

Rafa.

Rafael desligou o computador e sentou na cama. Sentia-se aflito, de mãos atadas. Não gostava de ficar assim, querendo fazer uma coisa e sem saber por onde começar.

Tentou se acalmar. Enquanto esperava uma resposta do tio, várias coisas passaram pela sua cabeça. Inclusive uma, que ele chamava de "projeto para mais tarde". Estava ansioso para completar dezoito anos. Não via a hora.

Seu sonho era sair do Brasil para trabalhar na França, na mesma ONG do Amaral, e ter uma vida cheia de aventura e emoção.

Ah! Que bom se isso acontecesse logo, se os anos passassem num instantinho! Por que as melhores coisas custavam tanto a chegar? Era isso que ele sempre se perguntava. Tinha a sensação de que tudo estava tão longe de ser alcançado...

Rafael não via alternativa senão se conformar, dizendo para si mesmo que isso era um projeto para depois. "É diferente de um sonho, que a gente nunca sabe se vai conseguir realizar", ele pensava.

Amaral não tinha moradia fixa. Às vezes, passava dias no mar, meses em terra... Ia aonde precisasse, sem se importar com mais nada. Tinha trinta e três anos e já levava essa vida havia cinco, desde que entrara para a ONG francesa. Naquela época, Rafael era apenas um garotinho de nove anos.

Agora, aos catorze, estudando no nono ano de uma escola pública, o garoto ainda sustentava a mesma admiração pelo tio e lembrava-se de tudo como se tivesse acontecido poucos dias atrás. E mantinha o mesmo desejo de quando era pequeno: trabalhar com Amaral.

Rafael não escondia essa intenção de ninguém. Para ele, isso já era uma coisa certa, decidida, muito bem pensada e planejada. Só não ia agora porque não podia. Mas, aos dezoito anos, ah! Aí, sim! Não ia ter mãe ou pai que o segurasse. Ia ser dono da sua vida, ajudando o tio na luta contra a destruição do planeta. Tinha coisa mais importante que essa? Não era o futuro de todos que estava em jogo?

Achava que ninguém tinha o direito de fazê-lo mudar seus planos. Ao contrário, deveriam até incentivá-lo a lutar por uma causa tão nobre, ainda que fosse necessário deixar família, amigos, tudo. Não que ele vivesse querendo confete. Mas... pensando bem, o que teria de mais se a imprensa quisesse divulgar para o mundo inteiro todas as suas conquistas?

Às vezes, Rafael sentia que sua mãe não gostava da ideia. Contudo, de uns tempos para cá, havia concluído que a reprovação de Ângela era apenas ciúme, nada mais. Um dia ela entenderia. Todos entenderiam, estava certo disso. Mas... e Carina, entenderia também? Achou melhor não pensar nisso. Pelo menos, não naquele momento.

Rafael ainda estava sentado na cama, o olhar vago, pensativo. De repente, deu um pulo e foi até a mesa do computador. Ligou. Acessou a Internet e procurou. Nada ainda. Nenhuma mensagem. Fez uma cara de desânimo. Ouviu a mãe dar uma batidinha na porta e olhou.

– Não precisa nem me dizer o que está fazendo – ela foi falando. Ângela estava só com metade do corpo para dentro do quarto, uma das mãos ainda agarrada à maçaneta da porta.

O garoto balançou a cabeça de um lado para o outro, chateado.

– Acho que ele não vai me responder agora.

– Claro que não, filho – sua voz demonstrava compreensão. – Ele já deve ter pegado o barco da ONG e ido para o local do acidente. Pode ser até que já esteja lá junto com aquelas pessoas que você viu na televisão, vai saber... Você acha que ele vai mexer com computador numa hora como essa? Pensa bem.

Rafael deu um longo suspiro. Ângela aproveitou o silêncio do filho e disse:

– Venha jantar agora. Seu pai já chegou.

O menino pensou durante alguns segundos. Ela estava certa. Com tanta coisa para fazer, tanto para ajudar, era óbvio que Amaral nem ia se lembrar de ligar o computador. Mas ele devia saber que o sobrinho estaria aflito por notícias aqui no Brasil. Afinal, com toda a rede mundial de televisão fazendo a cobertura da notícia, era evidente que a história logo chegaria aos seus ouvidos. Custava ter mandado um aviso, um bilhetinho que fosse? Custava?

Logo depois de pensar em todas essas coisas, o garoto respondeu suas próprias perguntas, tentando assim diminuir a ansiedade: "Não seja bobo, Rafael. O Amaral tem coisas muito mais sérias para resolver".

Em seguida, deu outro suspiro e disse:

– Tudo bem, mãe. Vamos jantar.

Papo chato

— ... A gente acredita que um maior incentivo às indústrias seja o ponto-chave para a resolução de muitos problemas.

– Também penso assim, Marcos.

O pai de Rafael pegou a jarra de suco e se serviu.

– Pois é, Ângela. Se o país crescer economicamente, a situação melhora para muita gente. Tudo bem, os programas sociais são importantes. Mas, para que todos vivam com dignidade, é preciso que tenham as mínimas condições necessárias. Todo mundo quer poder se sustentar com seu próprio trabalho, com seu próprio esforço...

– É verdade. Milhões de pessoas no mundo ainda não têm acesso a energia elétrica, saneamento básico... vê se pode uma coisa dessas!

– Era exatamente sobre isso que eu estava conversando com o pessoal lá da empresa.

– Como assim?

Marcos deixou o garfo no prato e apoiou os cotovelos na mesa, juntando as mãos. Seu rosto tomou o ar sério de quem ia fazer um discurso.

– Veja bem, Ângela, uma coisa está ligada à outra. Sendo menos injusta a distribuição de renda, não só aqui, mas no mundo inteiro, a qualidade de vida das pessoas também muda. Eis aí mais um motivo para a empresa reestruturar seu programa de qualidade de produção e fazer jus ao certificado da ISO 14000.

Ele tomou um gole de suco e depois continuou:

– Lá no meu trabalho, todos estão animados com essa reestruturação. Muita coisa pode mudar para melhor, tanto para a empresa como para as pessoas.

Ângela fez um sinal com a cabeça concordando com o marido, ao mesmo tempo que terminava de mastigar. Em seguida, desviou por um instante os olhos de Marcos e prestou atenção em Rafael.

Ele estava cabisbaixo, mexendo com o garfo para cá e para lá no prato de comida, que mal havia sido tocada.

Rafael estava tão longe... Não queria nem saber de prestar atenção na conversa dos pais. Crescimento econômico, crise social, ISO não sei das quantas... Para que saber dessas coisas que eles falavam?

Seres indefesos morrendo. O próprio planeta, por que não dizer, adoecendo. E ele aí, sem poder fazer nada. Isso, sim, o preocupava. Será que só ele pensava nisso? Será que ninguém mais se importava?

– Você não comeu nada, filho – Ângela observou.

O garoto permanecia cabisbaixo. Um cotovelo sobre a mesa, a mão segurando o queixo. Continuava com a mesma atitude automática, mexendo o garfo de um lado para o outro.

– Tô sem fome, mãe.

Ângela não disse nada, só deu uma olhadela para o marido com o canto dos olhos, franzindo as sobrancelhas e apertando os lábios.

– Que foi, Rafa? – o pai perguntou.

– Ele está assim por causa do acidente com o petróleo.

Rafael olhou com pouco-caso para a mãe. E disse pausadamente:

– Obrigado por responder na minha frente.

Ângela espantou-se.

– Ué... Você está tão desanimado que eu pensei que não queria nem responder para o seu pai. Por acaso falei alguma mentira?

O garoto largou o garfo e foi se levantando.

– Não, mãe. Esquece. Vou para o meu quarto.

Antes de Rafael sumir da sala de jantar, Marcos falou:

– Não fica assim, filho. Foi um acidente e...

– Não vai falar que acidentes acontecem.

Marcos deu um suspiro antes de responder.

– Eu ia falar, sim, mas... tudo bem, Rafa. Se isso não o consola...

– Consola nada, pai – Rafael balançou a cabeça e andou mais um pouco. – Vou ver se o Amaral já me respondeu.

O homem acompanhou com os olhos a saída do filho. Depois disse:

– Acho que nós devíamos ter dado um irmão para o Rafael.

– Ora, Marcos!

– É, sim, Ângela! Aí ele ia ter com quem brincar, se distrair, pensar em outras coisas. O menino cresceu vendo no tio um ídolo!

– Eles sempre foram muito ligados. Acho até que por causa daquela época em que o Amaral fez biologia e morou um tempo com a gente. Você não pode negar, Marcos, que a amizade deles sempre foi muito bonita.

– Tá, eu sei. Mas me fala uma coisa. Ele parou com aquela história de querer trabalhar na ONG...

– ... aos dezoito anos?

Marcos ficou em silêncio durante alguns segundos. Pela fala da esposa, já tinha compreendido tudo.

– Pelo jeito, não parou – ele concluiu.

Ângela apenas confirmou com a cabeça. Só depois resolveu completar:

– Ele vai perceber que as coisas podem ser diferentes, Marcos, de um outro jeito. Você vai ver só.

Ainda sem notícias

Durante os cinco dias seguintes, Rafael ainda não tinha conseguido nenhuma notícia do Amaral. Tinha a certeza de que o tio estava lá na costa espanhola, ajudando a salvar a vida animal e também tentando conter o óleo que rapidamente se espalhava por todo o oceano. Estava convicto disso, mas só. Queria tanto falar com ele! Às vezes, sentia como se fosse caso de vida ou morte. Sabia que era um exagero seu, mas não tinha culpa de ser assim.

Era por isso que o garoto andava meio chateado. Inclusive na escola. De vez em quando esquecia, procurava prestar atenção às aulas, conversava com os amigos, ria, brincava, discutia... coisas que normalmente aconteciam na sua rotina. Mas, outras vezes, ficava um tempão com o pensamento voando, sem conseguir se concentrar em nada. Quer dizer, em quase nada.

Num desses dias, uma pessoa muito especial o procurou no final das aulas, quando praticamente todos já tinham saído da sala. Alguém suficientemente sensível para perceber que ele não estava muito legal.

– Você está tão esquisito, Rafa!

Rafael achava Carina linda. Morena como ele, olhos castanhos bem escuros, cabelos lisos e compridos, meio desiguais nas pontas.

O garoto também tinha cabelos castanhos e lisos, mas seus olhos eram mais claros, quase verdes. Uma cor tão bonita, como a menina já lhe dissera uma vez.

Não sabia ao certo o que estava acontecendo entre eles. Namoro não era. Também não era só amizade. Estavam sempre juntos, viviam conversando, davam-se superbem...

O que ele ficava se perguntando era: o que estaria faltando, então, para virar namoro de uma vez? Talvez um beijo, uma declaração, um pedido...

Rafael andava pensando em tudo isso, ultimamente. Quer dizer, antes do acidente com o petroleiro. Reconheceu que sua cabeça estava mesmo meio embaralhada. Vai ver era por isso que Carina o tinha achado esquisito. "Mas por quê?", pensou. "Por que a cabeça da gente fica assim às vezes, tão estranha, tão confusa, parece que tanta coisa perde a graça, perde a vontade..."

– Não vai falar, Rafa? – Carina insistiu, tirando o garoto de seus devaneios.

Ele encarou aqueles olhinhos pretos que o observavam. Deu uma olhada para a porta. Gustavo ainda estava lá, sorrindo e fazendo uns gestos que Rafael podia bem imaginar o que queriam dizer. Ainda bem que a garota estava de costas e nada percebeu.

– Depois eu te ligo, Gustavo! – ele gritou.

Carina olhou para trás. Agora, os dois pareciam aguardar uma resposta do amigo de Rafael. Era claro que ele tinha entendido o recado e, sendo assim, não lhe restava alternativa a não ser concordar:

– Tá legal – e foi embora.

Rafael aproveitou para responder a pergunta da garota. Foi sincero:

– Sabe, Carina, eu tô meio chateado.

– Vai me dizer que ainda está assim por causa do petroleiro?

O garoto ficou em silêncio. Carina continuou:

– No outro dia, você chegou na classe bravo pra caramba, mas achei que depois ia passar, que já estivesse mais calmo.

Foi então que ele explicou:

– Não. Não é por causa do petroleiro. Quer dizer, mais ou menos. É com o meu tio.

– Aquele biólogo da ONG?

– Ele mesmo. Você acredita que eu já mandei uma porção de *e-mails* e ele não responde?

– Talvez esteja ocupado.

– Ah, eu sei, mas será que não dava pra me dar um alô? Puxa vida! Ele sabe que estou aflito, querendo ajudar também, e nem imagino por onde começar! Se ele pelo menos me escrevesse...

Carina se aproximou um pouco mais. Tocou no braço de Rafael e fez um carinho. Ele sentiu um arrepio gostoso.

– Não fica assim, Rafa. Tenho certeza de que, quando seu tio tiver um tempinho, ele vai escrever.

Por um momento, Rafael esqueceu-se de Amaral. Aquela mão delicada... macia... Que tio o quê!

– Você vai pra sua casa agora? – ele perguntou.

– Vou. Por quê?

– A gente podia ficar em frente à escola conversando um pouco mais. “Aí, quem sabe, a gente se acerte... um beijo nessa sua boca tão linda, tão delicada...”, Rafael pensou.

Mas Carina balançou a cabeça, pondo fim a todas as suas expectativas:

– Não dá, Rafa. Também tenho os meus problemas. Vou embora, minha mãe precisa de mim.

Rafael fez uma cara desanimada e não escondeu sua decepção.

– Que pena, Carina...

– Outra hora a gente conversa mais, tá bom? – ela deu um sorriso amoroso. – Agora eu tenho mesmo de ir.

Surpresa, à noite

Rafael estava usando o computador quando a mãe o chamou.

– Telefone para você.

– Quem é?

Ângela deu um sorriso, aguçando a curiosidade do filho.

– Seu super-herói.

– O Amaral? – Rafael arregalou os olhos, sorrindo.

– E quem mais?

Ele deixou o computador e passou voando pela mãe. Mas, antes, ainda deu tempo de deixar um recado:

– Ele não é meu super-herói, mãe! De onde tirou uma bobagem dessas?

Rafael foi correndo para a sala e pegou o telefone, todo animado. Ângela sabia muito bem de onde tinha tirado uma "bobagem dessas".

– Amaral?

– Oi, Rafa!

– Puxa vida, Amaral! Eu te mandei uma tonelada de *e-mails*, e você nem pra me responder, né?

– De que jeito? Estava superocupado, sem condições de ficar parando. Liguei porque achei que era melhor a gente conversar. Você me pareceu bastante aflito.

– Pareci? Rá! E não era pra ficar? Me fala como estão as coisas, me conta tudo!

O tio deu um suspiro antes de responder. O garoto pôde ouvir do outro lado da linha.

– Olha, Rafa, não tenho boas notícias, não.

– É, eu sei... – o ânimo antes demonstrado na voz de Rafael já não era o mesmo. – Tenho acompanhado pela televisão. Todo dia eles falam alguma coisa. Mas aposto que daqui a alguns dias ninguém vai nem tocar no assunto. É sempre assim. É tanto pouco-caso, Amaral!

– Você está certo, Rafa. Certíssimo! Mas a gente vai fazendo o que pode... – Amaral deu um tempo e continuou: – É uma tristeza! O mar está todo coberto de óleo preto. Aves e peixes estão morrendo. E o pior é que a população dali, que vive da pesca, vai enfrentar uma situação muito difícil, sabe-se lá por quanto tempo.

– Me dá uma raiva disso, Amaral! No fim, os pobres é que pagam pela irresponsabilidade desses mercenários!

– É... Mas pode ficar tranquilo. Tem muita gente ajudando para que o óleo não se espalhe ainda mais.

– E eu, o que faço aqui, Amaral? Quero ajudar também! Se a minha mãe me deixasse ir até aí com você...

– Tire essa maluquice da cabeça, garoto! Você não precisa estar aqui para ajudar.

– Como, não? Olha, eu aposto que a minha mãe ficou falando um monte de coisas pra você antes de eu pegar neste telefone.

– Perdeu. A Ângela não me falou nada.

– Então é você quem tá querendo me enrolar, tá passando pro lado dela.

– Enrolar você? Como se isso fosse possível!

– Não vem puxando o meu saco, não. Aposto que é isso mesmo que você tá querendo fazer. Mas vou te falar uma coisa, presta bem atenção. Quando eu fizer dezoito anos, vou trabalhar na ONG com você.

– Ah, é? E vai largar seus estudos...

– Eu posso estudar aí. Por acaso na França não tem faculdade, não?

– Rafael...

– Olha aqui, Amaral, já que não vai me dizer como posso ajudar, então eu vou desligar. De sermão, eu já estou por aqui!

– Mas era justamente isso o que eu ia fazer, seu apressadinho! Você não quer ajudar a nossa ONG, lutar pela nossa causa em defesa do planeta?

Rafael ficou mais animado.

– Claro que quero, Amaral! É só o que eu quero! Fala logo, então!

– Olhe à sua volta.

O menino achou que não tinha entendido direito. O tio devia ter dito mais alguma coisa, só que a frase provavelmente foi cortada. Problemas com ligação internacional. Só podia ser.

– Fala de novo, Amaral. Repete, não deu pra entender.

– Eu disse pra você olhar à sua volta. Só isso.

– Ah, é? – desdenhou Rafael.

– É.

– Você tá achando que eu sou criança? Tenha dó! Se não quer minha ajuda, nem você nem toda aquela gente da ONG, é melhor falar logo!

– Rafa! É claro que eu e todos os ecologistas do mundo queremos a sua ajuda. Você é que não está entendendo...

– Amaral! Você me cansou por hoje, tá bom? Cara chato! Tchau!

E bateu com o telefone na cara do tio.

Outro telefonema

Quando a mãe de Rafael veio, meia hora depois, chamá-lo em seu quarto para atender o telefone, o menino tinha certeza absoluta de que era Amaral. Por isso, já foi logo avisando:

– Fala pro Amaral que eu não quero falar com ele.

– Que Amaral, Rafa! É o Gustavo!

Rafael encarou a mãe.

– Não é o Amaral? – era nítida a decepção do menino.

– Claro que não! – Ângela confirmou. – É o Gustavo, já disse. Vai atender ou não?

O garoto torceu o nariz.

– Tô indo.

Segundos depois, já conversava com o amigo.

– Fala, Gustavo.

– Você disse que ligava e não ligou.

– Não tinha por que ligar – Rafael foi bem curto em sua resposta.

– Então, por que falou?

– Você sabe muito bem por que eu falei. Aliás, você precisa se tocar e largar do meu pé em determinados momentos, né, Gustavo?

– Hum... até parece que sou eu que atrapalho você e a Carina...

– Tem hora que atrapalha.

– Pô, Rafa, dá licença! Vai querer agora arrumar desculpas pra esse seu... – Gustavo falou pausadamente – namoro "esquisito"?

– Quem disse que é namoro?

– Então é frescura. Vocês dois vivem grudados!

– Gustavo, pode deixar que eu me viro com as minhas coisas, tá?

– Só achei que ia querer uns conselhos...

– Não preciso de conselhos. Ainda mais de quem...

Rafael não dava o braço a torcer. Mas, às vezes, bem que queria uns conselhos. Não sabia se Carina estava ou não a fim dele. Não tinha cabimento perguntar. Será que devia lascar um beijo na garota logo de uma vez? Aí, pelo menos, ele descobriria. Mais essa, agora. Já não bastava tudo o que estava acontecendo na sua vida? O que fazer?

– Você quer dizer mais alguma coisa, cara? Eu já estava indo dormir – Rafael mentiu. Não tinha sono ainda, mas também não queria ficar jogando conversa fora. Muito menos falar sobre a Carina. Gustavo era seu melhor amigo, mas, nesses assuntos, o melhor era resolver tudo sozinho.

Gustavo estendeu um pouco a conversa:

– Liguei pra te contar uma coisa.

– Fala.

– Meu irmão finalmente comprou aquela moto que tanto queria.

Rafael se mostrou mais entusiasmado:

– Aquela estradeira superbacana?

– Essa mesma.

– Pô! Que legal!

O irmão mais velho de Gustavo era louco por motos. Desde muito antes de completar dezoito anos. Também tinha inúmeras revistas sobre o assunto. Lia, ficava por dentro de tudo, sabia inclusive fazer pequenos consertos.

Assim que tirou a carteira de habilitação, comprou uma. Ainda não era a que ele queria e, como essa, teve várias depois. Na verdade, o seu sonho era poder comprar uma moto estradeira. Acordar num domingo de manhã, bem cedinho, junto com o sol, e pegar a estrada, voltando para casa só no finalzinho do dia. Ele vivia falando nisso, Rafael se lembrava bem.

– Meu pai deu uma força pro meu irmão poder comprar – Gustavo falou. – Você sabe, Rafa, depois que o velho mudou de emprego e começou a trabalhar na Chemistry... o salário lá é muito melhor – esse era o nome da multinacional que se instalara na cidade havia pouco tempo.

Rafael pôde avaliar o quanto o irmão de Gustavo devia estar feliz. Era muito bom realizar um sonho. Achou que também se sentiria assim quando o seu se concretizasse.

– A moto é linda, Rafa – Gustavo continuou. – Precisa vir aqui pra dar uma olhada.

– Seu irmão tem muita sorte. Eu é que queria ter uma máquina dessas agora pra desaparecer... – sonhou.

– E depois?

– Depois do quê?

– Depois de desaparecer, você teria de aparecer em algum lugar, né?

– Que papo doido, Gustavo! Desaparecer é desaparecer, ora essa!

– Doido anda você, cara! Vê se fala logo com a Carina, tá? Acho que é esse o seu mal.

O vizinho

Na hora de dormir, Rafael ainda estava bravo com Amaral. Onde já se viu! Ele querendo ajudar, e o tio tratando-o como se fosse uma criancinha!

Ficou muito magoado. Não estava brincando quando lhe ofereceu ajuda. Sempre ouvira o tio dizer que todos precisavam colaborar para a preservação do planeta. Todos. Que de nada adiantaria criar um monte de leis se as pessoas realmente não se conscientizassem da necessidade de proteger o ambiente.

Então, como é que ele poderia ajudar? Nunca ninguém deixava! Nada do que era preciso ser feito estava ao seu alcance. Toda vez que acontecia algum desastre ambiental era sempre tão longe... Queimadas na Amazônia, pássaros silvestres caçados no Pantanal... e, agora, óleo derramado no mar da Espanha... Puxa! Assim ficava difícil.

Enfim, a mágoa passou. No outro dia, o menino acordou cedo, tomou o café da manhã e arrumou suas coisas para ir à escola.

Quando saía de casa, deu de cara com o vizinho. Seu José estava abaixado do lado do carro, olhando não se sabe o quê.

Rafael ia passar discretamente, sem nem dizer bom-dia, já que o homem não o estava vendo. Não era de muita conversa com os vizinhos. Claro que era educado. Mas, se o mandassem puxar algum papo, aí estaria perdido.

De repente, seu José saiu da posição em que estava e viu o garoto.

– Oi, Rafael! Como é que vai? – perguntou, passando uma mão na outra para se livrar da poeira.

– Tudo bem, e o senhor?

Rafael cumprimentou o vizinho sem parar de andar. Era sempre assim que fazia. Aliás, achava que todas as pessoas do planeta agiam da mesma forma. Umas encontravam as outras e, numa mágica sincronia, diziam: "Oi, tudo bem?". E respondiam ao mesmo tempo: "Tudo bem, e você?". Tinha a impressão de que ninguém ouvia ninguém.

Mas, desta vez, parecia que o seu José estava com vontade de conversar um pouco, e não apenas de perguntar: "Tudo bem?".

– Estava dando uma olhada no meu carro. Vendo o serviço.

Rafael parou de andar. Achou que devia perguntar alguma coisa, assim não ficaria muito chato.

– Tá com problema?

– Não, agora não. Estava. Quer dizer, não era exatamente um problema... ou era, não sei bem.

"Será que o seu José é meio maluco?", era o que Rafael começava a imaginar, em virtude daquelas frases sem pé nem cabeça. Foi aí que ele veio com essa conversa, saída do nada:

– Você sabe quanto custa um catalisador, menino?

Rafael nem sabia o que era um catalisador, muito menos quanto custava. Mas, antes que o garoto abrisse a boca para dizer qualquer coisa, o próprio vizinho respondeu:

– Uma fortuna! Daqui a pouco, nem carro se pode ter mais! Como eles gostam de explorar a gente, Rafael! E a toda hora! Ainda bem que o mecânico, meu amigo, me deu a ideia de trocar o catalisador furado por um abafador.

"Abafador? Que será isso?", pensou Rafael.

Mas não deu tempo de perguntar nada. Seu José emendou:

– Pronto! Resolvido o problema. Economizei um bom dinheiro. Assim não dá, onde é que a gente vai parar?

– É mesmo...

Foi a última coisa que Rafael disse. Disse por dizer, porque não tinha outra frase. Achou que era a melhor saída para a situação. Em seguida foi para a escola, sem nem sequer imaginar que raio de catalisador era esse.

Correria

Alice chegou em casa a mil por hora e já foi chamando pela filha. Ainda tinha de levar uma encomenda para uma cliente, um creme que prometia combater as indesejáveis rugas.

Carina sempre ficava se perguntando onde é que a mãe arranjava tanta disposição. Ela tinha um emprego em que trabalhava o dia todo e ainda era revendedora de produtos de beleza e moda.

– Tô aqui, mãe – ela respondeu. – Já vou.

A menina apareceu de mãos dadas com Bárbara, sua irmãzinha de três anos. Era Carina quem buscava a criança na creche todos os dias.

– Passei no supermercado – Alice pôs rapidamente as sacolinhas em cima da mesa da cozinha. – Guarda pra mim, filha? Vou ter de sair outra vez. Prometi pra Júlia que levaria o creme dela ainda hoje.

– Mas você acabou de chegar, mãe! Não dá pra deixar pra amanhã? Pega o telefone, liga pra ela e...

– Ai, meu Deus!

Carina assustou-se:

– Que foi?

– O telefone! Esqueci de pagar a bendita conta. Também, com tanta coisa que eu tinha pra fazer hoje!

De repente, Alice mudou de assunto:

– Tem hora que eu tenho vontade de pegar o seu pai e torcer o pescoço dele. Assim, ó... – ela imitou o gesto.

– Ai, mãe!

– Ele só tem aprontado comigo. Ainda bem que foi embora. E, mesmo assim, continua aprontando.

Carina franziu as sobrancelhas antes de perguntar:

– O que foi que ele fez desta vez?

– O que ele fez? O de sempre. Deixou mais uma conta para eu pagar. O belezinha tem tanta dívida por aí que eu acho que nunca vai parar de aparecer conta.

– Então, não paga.

– E aí o meu nome também acaba sujo – a mulher fez cara de desânimo. – Esqueceu que ainda sou casada com ele?

– Por que não pede o divórcio?

– E eu lá tenho condições de pagar um advogado, Carina? Quer saber? Vou lá na casa da Júlia entregar o creme. Pelo menos, já recebo um dinheirinho. Estou mesmo precisando.

A mulher sorriu ao se despedir das duas filhas. Ela já ia saindo, quando deu meia-volta rapidamente.

– Ah! E me dá aqui a conta do telefone. É melhor eu deixar na bolsa pra não esquecer de pagar, senão eles cortam. Lembra aquela vez que o seu pai jurou que tinha pagado? Sei... era assim que ele fazia. Pegava as contas, o dinheiro e gastava por aí. Depois, eu é que tinha de correr atrás de tudo!

Carina fez cara de desânimo. Sem mais nem menos, a mãe contava a história tudo de novo. Uma vez cortaram a energia elétrica. Foi um deus nos acuda.

Alice fechou a porta, mas abriu em seguida:

– Eu falei pra você guardar as compras pra mim?

Carina concordou com a cabeça.

– Veja o que a Bárbara quer comer, tá bom? – disse a mãe. E, dirigindo-se à filha mais nova: – Tá com fome, meu amorzinho?

Bárbara só balançou a cabeça em sentido negativo.

– Não demora, mãe – Carina pediu.

– Tá, tá, não vou demorar. E não esqueça de guardar as compras!

– Você já disse isso! – Mas Alice já havia fechado a porta. E, muito provavelmente, nem ouvira o protesto da filha.

E-mail 2

Amaral,

Desculpa ter batido o telefone na sua cara. Fiquei meio nervoso, só isso. Você vai me desculpar?

Rafa.

Agora era esperar. Rafael já tinha tentado ligar para a casa de Amaral, mas não havia ninguém. Ainda devia estar ocupado. Se não fosse com essa questão do petróleo, na certa seria com outra.

O menino tinha um jeito bastante precipitado de resolver as coisas. Ou, pelo menos, de querer resolver. Depois se arrependia. Estava certo de que Amaral ia ficar um tempão de novo sem responder seu *e-mail*. Antes, era porque estava realmente muito ocupado. Agora, ia fazer de propósito, só para lhe dar uma lição.

“Tá certo”, pensou Rafael. “Não vou condená-lo por isso. Fui grosso, estúpido, mal-educado. Ele tem razão.”

Pensou em Carina. Nunca ia querer brigar com ela. Jamais. Só esperava que esse seu gênio impulsivo não viesse à tona quando estivesse ao seu lado. Além do mais, isso parecia impossível de acontecer. Era uma menina tão doce, sempre faziam trabalhos em grupo juntos, ela sempre superprestativa, amiga, carinhosa... não teriam nenhum motivo para brigar.

Rafael ia desligar o computador para tomar um banho quando notou que havia chegado uma mensagem. Deu um grito de alegria e foi abri-la imediatamente. E lá estava ela. Era mesmo de Amaral.

***E-mail* 3**

Rafa:

Que bom que você me escreveu! Por sorte, acabei de ver a sua mensagem.

Não estamos mais no mar. Agora lutamos para que os responsáveis por essa tragédia não fiquem impunes e também para que o acidente não caia no esquecimento, como tantos outros.

É difícil, Rafa. Precisamos de todo mundo ajudando. Especialmente o governo. É necessário maior rigor nas leis e no cumprimento delas.

Mas a gente sabe que aí quem manda mesmo são os interesses. E que o petróleo sempre será muito poderoso, mais do que qualquer tentativa de defesa do ambiente.

O que fazer, então? Como mudar? Parece impossível, já que há sempre milhões de dólares em jogo, não é mesmo?

Só que nós não podemos deixar de lutar para que isso mude. Nunca!

O governo pode muito bem investir em outras fontes de energia, as chamadas fontes renováveis ou fontes limpas, para que o petróleo seja menos utilizado e, consequentemente, polua menos. Além de evitar que desastres como esses ocorram com tanta frequência, é claro.

Só que esse, Rafa, é um dos muitos problemas que existem. O fato é que há diversas outras agressões. Com a nossa água, com o nosso ar... com as nossas florestas, com os nossos animais... com as pessoas! Todos os dias, em todas as partes!

Foi por isso que eu falei pra você olhar à sua volta. E você ficou tão bravo... Mas o que eu quis dizer era que você deve prestar atenção em tudo, em todas as agressões, sejam elas pequenas ou grandes. Não importa. Quando se quer defender o planeta, é preciso lutar o tempo todo. E de olhos bem abertos.

Com grande saudade,

Amaral.

Ah! E não se esqueça: olhe à sua volta.

Na mesma

Rafael desligou o computador devagar. Tinha uma sensação esquisita, não conseguia definir. Não estava bravo nem triste... mas também não estava alegre. Era como se nada tivesse mudado. O tio voltara com aquela história do "olhe à sua volta". A única diferença é que agora o garoto não se sentia uma criancinha.

Deixou o computador de lado e foi até a cozinha. Sua mãe estava arrumando as compras no armário. Ele foi chegando como quem não queria nada. Pegou um copo d'água e ficou encostado perto da geladeira, tomando em pequenos goles.

Ângela estranhou o silêncio do filho.

– Que foi, Rafa?

Ele balançou os ombros.

– Nada.

– Está tão quieto... – ela não quis insistir e voltou a atenção para os seus afazeres.

– O Amaral me escreveu – ele acabou contando.

– Ah, é?

A mãe mostrou-se feliz, dando um sorriso para o filho. Depois percebeu que ele não falava aquilo com alegria. Achou esquisito.

– Você não gostou, não?

– Não... não é isso. É que às vezes eu acho que o Amaral não me trata como eu queria...

– Nossa, Rafa... Ele gosta tanto de você!

– Não tô falando que ele me trata mal, não é isso.

Houve um breve silêncio antes de Ângela dizer:

– Acho que o que você tem é ciúme.

– O quê? – Rafael achou aquilo um tremendo absurdo. – Tá doida, mãe?

– Ora, Rafa. Você está com ciúme porque na cabeça do seu tio só tem lugar para uma coisa. E você sabe muito bem o que é.

Rafael balançou a cabeça de um lado para o outro, discordando.

– Que bobeira, mãe! O que ele tem na cabeça eu também tenho: preservar o nosso planeta, cuidar dele, não deixar que o destruam, porque senão não vai sobrar ninguém pra contar a história... tudo isso e mais alguma coisa.

– Só que o Amaral está realmente comprometido com toda essa coisa que você falou.

Rafael arregalou os olhos. Sentiu-se recriminado.

– Você tá querendo dizer que eu não? É isso?

– Não estou querendo dizer nada. Eu acho que é isso que você está pensando. Melhor, sentindo.

O garoto ficou quieto, pensou um pouco e falou:

– O Amaral me disse para eu olhar à minha volta. É isso o que ele fala – fez uma pausa antes de continuar. – Acho que ele não me quer trabalhando junto dele.

– Que é isso, Rafa! Seu tio te adora. Mas você tem de entender que ele não é mais um garotinho...

– Eu também não!

– Eu não disse isso. Posso acabar de falar?

– Tá.

– O Amaral já estudou e escolheu sua profissão. Sorte dele, porque nem todo mundo consegue trabalhar no que gosta e acredita. E você ainda tem tudo isso pela frente.

Ângela parou de falar. Rafael ficou quieto, por isso ela resolveu continuar:

– Acho que eu entendo o que o Amaral quer dizer. Ele pensa que você pode ajudar, e muito. Mas com as outras coisas que estão aqui, do seu lado e precisando de você.

– Sei não...

– Ora, Rafael. Siga o conselho do seu tio e comece realmente a olhar à sua volta. Faça isso. De repente, até mesmo você, sem perceber, pode estar prejudicando o planeta.

– Eu? – o garoto deu um grito. "Pronto. Era só o que faltava. Ser culpado também por tudo o que acontece na Terra", pensou.

– Não estou dizendo que você faça isso, filho. E, se fizer, não é de propósito. Quem sabe até eu... Sei lá.

A conversa parou por aí. Rafael acabou de tomar sua água, pôs o copo na pia e saiu sem dizer mais nada, deixando a mãe sozinha.

Ângela guardou as últimas sacolas de compra. Em cima da mesa só ficou o jornal que ela não tivera tempo de ler. Faria isso mais tarde, pois agora queria mesmo era tomar um bom banho. Estava realmente cansada.

Fechou a porta do armário, deu uma última olhada ao redor para ver se estava tudo em ordem e saiu.

Quem fosse à cozinha para fazer qualquer coisa poderia facilmente notar o jornal. E ler a manchete escancarada em cima da mesa:

"VAZAMENTO DE PRODUTOS QUÍMICOS ATINGE O RIO QUE CORTA A CIDADE"

A caminho de casa

Carina chegou chateada à escola naquela manhã. Viera com o pensamento fixo numa coisa: queria encontrar um jeito de ajudar a mãe. Não achava justo tudo o que ela passava. Tinha de ter não sei quantos empregos para dar conta de sustentar a família.

Durante as aulas, sempre ouvia dos professores que todas as pessoas tinham os mesmos direitos. Dos políticos na tevê, então, nem se fala! O termo "igualdade social" parecia não sair da boca de nenhum deles. Isso, claro, em época de campanha eleitoral.

Mas, no fundo, a menina tinha consciência de que fazia o que estava ao seu alcance. De nada adiantaria abandonar os estudos, sair procurando emprego... só que queria encontrar um jeito de ajudar de verdade.

Ficava pensando: "Como mudar essa situação? Quanta gente passava por isso também? Milhares de pessoas, sem as mínimas condições..." Sabia que não era só sua família que enfrentava esse problema.

Fazia um ano que seu pai tinha ido embora, deixando a mãe com muitas dívidas. Por isso, Alice teve de se virar. Além do seu trabalho numa loja de calçados, começou a vender cosméticos, joias, roupas. Só que ela, apesar de tudo, não reclamava. Dizia sempre a Carina que o jeito era levantar a cabeça e tocar a vida adiante.

No intervalo das aulas, a garota saiu com as amigas e quase nem olhou para Rafael. Ele percebeu. Bem que tentou puxar um papo, mas não deu certo. Ela dava respostas evasivas e não lhe perguntava nada. Parecia até que não estava querendo conversar. Por isso, o menino começou a pensar que talvez ela estivesse assim por sua causa. Achou melhor procurá-la depois, para saber se realmente era esse o problema. E isso aconteceu na saída, quando ela estava indo para casa.

– Claro que não é nada com você – ela tratou de tirar esse pensamento da cabeça de Rafael.

Eles andavam devagar, quase contando os passos. Ela, abraçada ao seu material.

– Então, o que você tem, Carina?

– Só tô meio deprimida – a menina falou com uma voz tão baixa que Rafael quase nem ouviu. Depois mudou o tom: – Tem tanta coisa errada neste mundo...

– Ah, isso eu também acho. Pode reparar: as pessoas não estão nem aí umas com as outras.

– Não mesmo... – ela concordou.

– Fazem tudo errado, agem como se fossem as donas do planeta! Destroem o que demorou bilhões de anos para ser formado! Isso me revolta, sabia?

Carina parou de caminhar. Franziu as sobrancelhas e encarou Rafael. Ele achou muito esquisita aquela cara. Será que tinha falado alguma besteira?

– Que foi? – ele resolveu perguntar, a cara mais inocente do mundo.

– Você só pensa nisso, Rafael?

Agora foi a sua vez de fazer um jeito de quem não estava entendendo.

– Como assim?

– Vou perguntar de novo: você só pensa nisso, Rafael? Não existe mais nada importante na vida pra você?

Rafael ficou sem palavras, não sabia o que dizer. Carina parecia tão indignada! O que ele teria dito de tão errado?

– Carina...

– Você é um egoísta, sabia? – disse, mudando completamente o tom de voz do começo da conversa. Também virou-se para a frente e acelerou o passo. Rafael deu uma corrida. Quando a alcançou, segurou o seu braço.

– Que é isso, Carina? O que é que eu falei de mais?

Aí ela resolveu parar. A mesma cara de indignação. Olhou bem nos olhos do garoto e disse:

– Enquanto você fica aí pensando em salvar o planeta com esses seus discursos de sempre, milhares de pessoas passam fome, ficam doentes, morrem até... tudo porque não têm o mínimo pra sua sobrevivência! Você sabia disso, Rafael?

– Carina... – falou com carinho, procurando atenuar aquele clima de briga que, mesmo contra a sua vontade, parecia estar surgindo sem ele ao menos saber o motivo. – Por que é que você tá tão bra...

– Tô cansada de escutar sempre a mesma coisa de você! – ela gritou. – Cansada!

Rafael também mudou o tom:

– Espera aí, Carina! Não tô entendendo você. O que é que eu fiz de errado?

– Nada. Não fez nada. E não precisa me acompanhar até em casa, não. Eu vou sozinha. Tchau!

Carina virou as costas e foi embora.

Confuso

Uma sensação estranha acompanhou Rafael de volta para casa. Não entendia mais nada. Começou a achar que a mãe tinha mesmo razão. Não conseguia fazer nada de concreto a respeito das coisas em que pensava e acreditava. Era um tremendo blá-blá-blá que estava enjoando a todos. Até mesmo Carina.

Chegou em casa e sua mãe foi logo falando:

– Demorou, hein, Rafa? O que foi que aconteceu? Estou esperando você para almoçar já faz tempo.

– Ah... Desculpa. Estava conversando e não vi a hora.

Ângela olhou para o filho meio desconfiada.

– E pelo jeito essa conversa não foi lá essas coisas... Tá com uma cara, Rafa!

– Deixa pra lá.

Dizendo isso, Rafael foi até o quarto guardar suas coisas. Voltou logo depois e se sentou à mesa.

– Seu pai não vem almoçar hoje – Ângela avisou, já acomodada em seu lugar.

– Percebi.

– Ele está bastante ocupado com

seu trabalho. Foi marcada mais uma reunião para hoje, logo após o almoço, e ele ainda ia ter de ver umas coisas. Seu pai está todo animado com o processo de reestruturação da empresa. Ele está tão contente! Ele acredita...

– Ah, é... – Rafael nem deixou a mãe terminar de falar.

Ângela parou de pegar a comida da travessa. Olhou para o filho, que não se animava com nada do que ela falava.

– Rafa! Que é que você tem, menino? Pensa que eu não notei? Faz um tempo que está assim, chateado... Fala pra mim!

Rafael deixou o garfo no prato e olhou para a mãe. Ficou sério.

– Você me acha muito chato?

– Hein? – Ângela estranhou. E quase chegou a rir. – Que pergunta é essa?

O garoto estava sério. Não era brincadeira.

– Uma pergunta como outra qualquer. Só me responde. Acha?

– É claro que não!

Rafael balançou a cabeça de um lado para o outro. Pegou o garfo de volta e, antes de pôr comida na boca, disse:

– Só eu mesmo pra fazer uma pergunta dessas pra própria mãe... sou um tonto mesmo...

Ângela ficou séria.

– Não estou dizendo isso porque você é meu filho.

– Sei...

– Verdade! – a mãe segurou o braço do menino. – Que você está chateado com alguma coisa, eu estou vendo. Mas isso não significa que a culpa seja sua.

– Ah, mãe... – Rafael deu um longo suspiro. – Minha vida tá muito sem graça! Acabo sempre brigando com pessoas de que gosto...

– Brigou com quem?

Rafael não respondeu de imediato. Não sabia se queria falar. Mas a mãe não parava de olhar para ele. Nem comendo estava. Sentiu nesse olhar que ela queria uma resposta. Não só isso. Que ela queria ajudá-lo.

Então falou:

– Desta vez foi com a Carina – o garoto fez uma pausa. Depois, respondeu o que imaginava que os olhos da mãe estariam perguntando. – É uma amiga da minha classe.

– E brigaram por quê?

Rafael não respondeu. Afinal, por que é que tinham brigado? Ele falara alguma coisa de errado? Que a magoasse? Não sabia e nem se lembrava. O que deu nela, então? Será que a culpa era mesmo sua?

Com todas essas perguntas na cabeça, a única resposta que ele conseguiu dar para a mãe foi:

– Eu não sei.

Ângela demonstrou surpresa.

– Como, não sabe?

– Não sabendo, ora! Ela ficou brava comigo tão de repente que não deu nem tempo de entender por quê.

– Então, converse com ela e pergunte.

– Você acha mesmo que eu devia?

– E por que não? Pra que ficar aí todo magoado por causa de uma coisa que você nem sabe? Não é melhor perguntar, resolver e pronto? E então você esclarece, pede desculpas, se for o caso... Sabe, Rafa, eu, particularmente, detesto mal-entendidos. Às vezes, as pessoas brigam, as amizades esfriam ou até mesmo acabam por causa deles. Não seria mais fácil conversar e se entender com ela? Eu, pelo menos, penso assim.

Rafael fez um esforço e deu um sorriso. A mãe não fazia ideia do quanto tinha sido bom para o garoto ouvir tudo isso. Ele sabia muito bem o que tinha de fazer. E o principal: o que queria fazer.

Reencontro

– Rafa?

– Oi.

– O que você tá fazendo aqui?

– Vim conversar. Não podia?

– Bom...

Carina estava na janela da sala. Quando escutou Rafael chamar, levou um susto. É que ela já havia pensado em lhe pedir desculpas no dia seguinte, na escola. Sabia que não tinha sido legal com ele. Era ela que estava mal por causa de uma série de coisas e, no final, acabara descontando nele. Tinha sido injusta, reconhecia isso. Justamente ela, que vivia falando em justiça. Ficou chateada, até mesmo com vergonha de encarar o menino.

– Você tá muito ocupada? – ele perguntou.

– Até que não. Já lavei toda a louça, dei uma geral na casa, a Bárbara dormiu... Ela estava com febre hoje, sabe? Por isso a minha mãe achou melhor levá-la ao posto de saúde. Só quando eu cheguei da escola é que ela foi trabalhar.

– E a sua irmãzinha está melhor agora?

– Ah! Está, sim. É uma infecção na garganta. Estou dando o remédio que a minha mãe mandou. Quer dizer, que o médico receitou. Pelo menos, já não tem mais febre.

– Ah... – depois de um tempo, perguntou: – Então? A gente pode conversar um pouco?

Carina deu um sorriso antes de falar:

– Eu ia fazer a lição de matemática agora.

– Já fiz ontem. Quer ajuda?

A menina sorriu outra vez. Pelo jeito, não ia ter saída. E, também, quem disse que ela queria? Rafael era um ótimo amigo.

Amigo... De uns tempos para cá, já começava a pensar se era somente isso mesmo. De sua parte... da parte dele...

Aí ela respondeu:

– Acho que sim.

Rafael entrou. A televisão estava ligada, os livros e cadernos abertos em cima da mesa da cozinha.

Assim que atravessaram a sala, Carina pegou o controle remoto de cima da estante e apertou o botão.

– Eu já ia desligar mesmo. É que eu não suporto ficar sem ouvir alguma coisa enquanto estou trabalhando. Às vezes eu ouço música, às vezes ligo a televisão e venho dar uma espiadinha de vez em quando...

Rafael deu um sorriso discreto. Foi entrando sem dizer nada. Quando chegou até a mesa da cozinha, ela falou:

– Senta.

Ele obedeceu.

Era uma casa pequena, mas tudo muito organizado. Em frente à mesa onde eles estavam tinha um corredor e duas portas. Provavelmente, um quarto e um banheiro.

Ficaram em silêncio por alguns instantes. Ela é que tomou a iniciativa:

– Desculpa, Rafa – falou com a voz mansa. – Tô morrendo de vergonha de ter brigado daquele jeito com você.

– O que aconteceu, Carina? O que eu disse pra você...

– Você não disse nada – Carina balançou a cabeça e, em seguida, desviou o olhar. – Eu é que não estava bem. Às vezes, eu fico assim, mas depois passa. Eu ia mesmo falar com você amanhã cedo, na escola.

– Alguma coisa em que eu possa ajudar?

Em vez de responder à pergunta de Rafael, ela olhou para ele e disse:

– Acho tanta coisa injusta! É difícil você crescer ouvindo

sobre direitos, igualdade social para todos e, na prática, tudo não passar de frases vazias, sem sentido. Ninguém está nem aí para ninguém. É por isso que tem hora que eu fico assim. Inconformada.

– Carina, você também não pode pensar desse modo. Como assim, ninguém está nem aí para ninguém? Tá certo que eu até disse isso naquela hora em que a gente estava conversando, mas eu me referia a outra coisa. Você está sendo muito radical.

Ela balançou a cabeça.

– Não, Rafa. É só você ver a minha vida como é. Minha mãe tem emprego, mas precisa fazer bicos para sobreviver. Não temos ainda uma casa, vivemos de aluguel...

– Você sempre disse que sua mãe... que vocês têm uma vida difícil.

– Eu sei. Mas não pense você que ela fica se lamentando. Minha mãe é tão forte que às vezes eu nem acredito. Trabalha muito, ganha pouco, mas vive de bom humor. Acho que ela é feliz, Rafa. Apesar de tudo.

Rafael olhou Carina nos olhos. Sentiu uma vontade tão grande de se aproximar, fazer um carinho em seu rosto, tocar sua boca, beijá-la...

Chegou a pensar que aquele era mesmo o momento, o melhor momento. Não tinha escola, nem Gustavo, nem ninguém. Parecia tudo tão perfeito, ela tão amorosa, sincera, amiga...

Mas ele teve de deixar tudo isso para depois, porque a garota parecia realmente muito concentrada e disposta a falar sobre as coisas em que pensava:

– Eu sei que você vai dizer que existem pessoas numa situação mil vezes pior que a minha. Que a minha mãe, pelo menos, tem um emprego. Eu sei. E é por isso mesmo que eu fico assim. Não é só por causa da minha família, não. Você já pensou, Rafa, nessas pessoas que não têm nada, absolutamente nada? Como é que fazem, se do jeito que nós aqui vivemos já é tão difícil? Passam fome, ficam doentes por falta de melhores condições de vida... Não acho justo. Não acho mesmo!

– Ninguém acha, Carina. Mas eu não sei o que fazer.

– Eu também não.

Bárbara apareceu na cozinha. Tinha uma cara ensonada. Carina levantou-se e foi buscá-la, puxando-a pela mão. Voltou a se sentar ao lado de Rafael, só que agora com a irmãzinha no colo.

– Este aqui é o Rafael, meu amigo – Carina falou. Logo em seguida, pôs a mão na testa de Bárbara e suspirou aliviada. O menino deduziu que a febre tinha passado.

– Oi! – ele cumprimentou a garotinha, sorrindo. Ela, não. Apenas olhou com o canto dos olhos. Rafael não soube definir se aquilo era timidez ou desconfiança.

– Ela se parece com você – observou o garoto.

Carina virou-se para encarar a irmã.

– Todo mundo fala.

Ficaram alguns segundos em silêncio, quando Carina se lembrou:

– Ai, Rafael!

– Que foi?

– Eu ainda tenho a lição de matemática pra fazer. E agora a Bárbara acordou e...

– Já falei que eu te ajudo – ele a interrompeu. Achou que não tinha motivo para tanta aflição. – A tarefa não é difícil.

Carina sorriu. Um sorriso que revelava um certo ar de maturidade. Muito além do que se esperaria de uma garota de sua idade.

A menininha no seu colo dava a impressão de ser sua filha. Uma garota cuidando de outra para a mãe poder trabalhar. Era assim que acontecia com milhares de famílias. Meninas assumindo papéis de grande responsabilidade.

Carina estava certa, pensava Rafael. A questão da desigualdade social deveria ser tratada com mais seriedade pelas pessoas que governam. Por isso a revolta de Carina. Tanta luta para ter simplesmente o mínimo, quando muito.

Quantas pessoas no mundo todo nem isso tinham? Amaral sempre dizia isso em suas conversas. Rafael às vezes até ficava com medo de suas previsões.

– Não são previsões, Rafa – ele dizia. – São constatações. A distância entre os países ricos e pobres só aumenta a cada ano. Milhões de pessoas ainda não têm acesso ao básico para melhorar suas vidas. Mas há dinheiro suficiente no mundo para esse tipo de investimento. É só parar de desperdiçá-lo com armas, por exemplo. O povo de um país deveria ser a coisa mais importante de tudo.

Às vezes, Rafael não entendia o tio. Começavam a falar sobre os problemas ambientais que atingem o planeta e depois a conversa acabava desse jeito, falando da miséria, da fome...

No curto espaço de tempo entre Carina abrir seu livro, procurar os exercícios no caderno e Rafael começar a ajudá-la na tarefa, ele ficou pensando em tudo isso.

Será que Carina, apesar de ter pedido desculpas e tudo, estava certa quando disse que Rafael só pensava em salvar o planeta? Estaria ele sendo infantil com essa ideia fixa, enquanto tanta gente passava fome? O que era, então, mais importante? O planeta das pessoas ou as pessoas do planeta?

– E aí, Rafa? Vai me ajudar ou não?

Rafael achou melhor parar de pensar nessas coisas. Ou parava ou sua cabeça ia mesmo fundir.

– Claro que vou! – ele respondeu, enfim. – Além disso, eu já disse pra você que não é tão difícil.

Rafael ficou calado durante alguns instantes. Mas, com tudo isso fervilhando na cabeça, não resistiu e disse:

– Tem coisa muito mais difícil, Carina.

Pânico

Eram sete e vinte e cinco da manhã. Todos já estavam na classe havia algum tempo, concentrados nas atividades escolares.

O professor de geografia explicava a matéria enquanto fazia anotações na lousa e ressaltava a importância de alguns pontos.

Rafael estava atento às explicações e anotava tudo em seu caderno. Ele havia entendido a matéria perfeitamente, mas não achou ruim quando um colega pediu ao professor que retomasse um dos tópicos de que falara pouco antes.

Porém, sua mente parecia estar com preguiça de absorver aquelas informações pela segunda vez. Acabou desviando o olhar e o pensamento, soltou a caneta na carteira e deu uma leve espreguiçada.

Que sono! Tinha dia que era difícil acordar tão cedo. Mas, assim mesmo, preferia estudar de manhã. Desde a primeira série. À tarde, com todo o calor que fazia, e a temperatura do planeta se elevando a cada ano... não, realmente não dava. Preferia reservar outras atividades para depois do almoço.

Começou a olhar ao redor. Do seu lado esquerdo, as janelas da sala de aula e, alguns metros adiante, o muro que separava a escola da rua.

O céu estava claro e fazia muito calor. Nenhuma nuvem. Dali para o fim do ano, o sol ficaria cada vez mais forte, dificultando até mesmo os estudos. Principalmente depois do intervalo, quando a temperatura se elevava ainda mais, dentro e fora das classes.

Rafael voltou a prestar atenção no professor. Ele ainda discorria sobre o tal assunto. Explicava de outra forma, mas falava a mesma coisa.

"Outra vez?", pensou. "Será que esse cara ainda não conseguiu entender?"

Mas o menino tinha consciência de que devia respeitar o colega. Afinal, nem todos raciocinam no mesmo ritmo. Alguns têm mais facilidade de entender, outros demoram mais. Ninguém é igual, ele sabia disso.

O jeito era ter paciência e deixar a mente viajar mais um pouco, até que o professor prosseguisse com a matéria.

Olhou Carina primeiro. Naquele dia ela estava com os cabelos presos, alguns pequenos fios delicadamente soltos no rosto. Era linda de qualquer maneira.

Virou seu pescoço novamente para a janela. Estranhou. No céu, antes azul, brilhante e claríssimo, agora tinha uma nuvem escura. Mas não era uma nuvem comum, de tempo escuro, de chuva. Rafael achou que era diferente. Seria só uma impressão?

Ficou algum tempo acompanhando, os olhos vidrados no céu. A nuvem parecia estar maior e mais baixa. Fixou ainda mais o olhar, tentando decifrar se era isso mesmo.

Não demorou muito para perceber que não era imaginação. A nuvem, agora, chegava a ultrapassar o muro, adentrando a escola. Algo muito estranho estava acontecendo, Rafael não teve mais dúvida.

Levantou-se rapidamente e fez um barulhão ao arrastar a carteira, comparado ao silêncio em que a classe estava.

– Que é isso, Rafael? – repreendeu o professor. – Estou no meio de uma explicação!

O garoto não deu ouvidos e caminhou até a janela. E, antes

que o professor o repreendesse novamente, ele disse, sem desviar os olhos da estranha nuvem preta:

– O que é aquilo, professor?

O professor olhou e também viu. Aproximou-se mais. Por fim, toda a classe se levantou e, num instantinho, havia um desconexo aglomerado de alunos próximo à janela. Uma cabeça por cima da outra, um esticando mais o pescoço que o outro.

A espessa nuvem negra parecia estar muito mais perto agora. Coisa de dois ou três metros da janela.

Alguém abriu a porta com tudo, gritando:

– Peguem suas coisas e saiam todos! – era a ordem do inspetor de alunos. – Você também, professor. A ordem do diretor é para todos irem para o pátio.

– Que nuvem é essa? – perguntou Rafael, na expectativa de que o inspetor lhe desse mais alguma explicação.

E ele deu:

– Não é nuvem. É um gás que vazou da multinacional... pelo menos é isso que todo mundo está comentando. Vizinhos da escola vieram falar. Estão todos em pânico. Precisamos nos organizar lá fora até o diretor resolver para onde devemos ir.

– Que gás é esse, Dorival? – o professor perguntou, também bastante preocupado, enquanto levava seus alunos para fora da sala.

– Ainda não temos informações precisas, Lauro. Só sabemos que veio da Chemistry – disse o inspetor. E, em seguida, apressou toda a turma: – Vamos, pessoal! Rápido!

Tumulto

Rafael foi saindo com Gustavo. Por mais que o diretor e os inspetores tentassem acalmar os alunos, o desespero foi inevitável. As turmas não podiam ficar no pátio, pois a espessa nuvem negra invadia a escola. Todos ficaram acuados como presas à espera do bote.

O diretor não sabia mais o que fazer. As ruas nos arredores também estavam em alvoroço. Talvez toda a cidade estivesse assim. Os moradores, desesperados, diziam que o gás entrava pelas janelas das casas e até mesmo dos carros que passavam por ali.

– Temos de sair daqui e voltar para casa! – disse Rafael. Ele não conseguia imaginar outra saída. Aliás, achava que já deviam ter feito isso, antes que a situação piorasse e se tornasse insustentável. Será que o diretor não percebia? Por que demorava tanto para tomar essa decisão?

– E meu pai, Rafa? – falou Gustavo. – Será que ele está bem? Eu queria ir lá...

– Calma, Gustavo.

– Rafa! – era Carina que chamava. Chegara correndo, visivelmente cansada, ofegante. – Acho que a Cris respirou o gás. Está passando mal! Você viu o diretor?

– Ali – ele apontou rapidamente para a secretaria. – Pediu que a gente fique aqui até decidir o que fazer.

– A gente tem de ir embora! – disse Gustavo, transtornado. Rafael pôde imaginar em que estaria pensando seu amigo.

– Você não vai lá, Gustavo! – Rafael foi categórico.

– Preciso saber do meu pai!

Carina deixou os dois. Foi correndo até a secretaria. Voltou em seguida com o diretor, que foi buscar Cris e, em poucos minutos, já retornava com ela amparada em seus ombros. Ao passar por um dos inspetores, deu a ordem:

– Dispense todos os alunos. Os pais das crianças menores já foram avisados. Alguns até já estão aí no portão.

– Está bem – respondeu prontamente o inspetor Dorival.

O diretor conduziu Cris até o carro, para levá-la ao hospital imediatamente. Não dava nem para esperar os pais. Achou melhor encontrá-los direto no pronto-socorro. Dera ordem aos professores ou inspetores que tivessem carro para fazer o mesmo com quem aspirasse o gás. E sem demora. Ninguém tinha noção dos efeitos que isso poderia causar.

Carina acompanhou, apreensiva, a partida dos dois. Logo atrás dela, surgiu um monte de gente querendo saber notícias.

Rafael e Gustavo apareceram.

– Eles mandaram a gente ir para casa – disse Rafael. – É melhor obedecer.

Carina mordeu os lábios. No portão da escola, um tumulto de pais procurando seus filhos, alunos saindo... nunca tinham visto uma situação parecida. Tinha gente que nem conseguia compreender o que estaria realmente acontecendo.

Rafael reparou bem no jeito de Gustavo. E resolveu reforçar o conselho ao amigo, sendo firme nas palavras:

– Você vai pra casa, Gustavo. Nem invente de aparecer na indústria.

– Preciso saber notícias do meu pai... – ele não queria saber de ouvir. Tinha essa ideia fixa desde o momento em que foram para o pátio.

– O Rafael está certo, Gustavo – disse Carina. – Não tem cabimento você ir até lá. A gente nem sabe direito o que aconteceu! Pode ser perigoso demais!

Gustavo ia protestar, quando teve a impressão de que sua mãe estava na calçada, atrás de outras mulheres. Logo depois, alguns pais se espalharam, abrindo um pouco de espaço. Então o menino pôde ver melhor.

– É minha mãe! – deu um grito.

Ele correu para encontrá-la. Rafael e Carina foram atrás.

– E o pai, mãe? – foi logo perguntando, no maior desespero.

– Por isso vim aqui. Ele já ligou e disse pra ninguém se preocupar com ele. Está tudo bem.

Gustavo soltou o ar dos pulmões. Rafael e Carina sentiram o mesmo alívio, pois também estavam preocupados.

– Vamos embora daqui, filho. Lá em casa eu conto tudo.

Gustavo se despediu dos amigos e foi embora, com o coração um pouco mais leve.

Mais uma vítima

— Que bom que você chegou, filho! – Ângela foi logo abraçando o menino, que mal abrira a porta. – Eu também acabei de chegar. Você nem sabe, Rafael!

A expressão no rosto da mulher denunciava que algo de grave tinha acontecido.

– Que foi, mãe? – ele perguntou, preocupado.

– A dona Adriana, esposa do seu José, nossos vizinhos... Ela teve contato com a nuvem de gás e eu a levei para o pronto-socorro. O marido estava no trabalho, coitado. Foi um desespero, um corre-corre! Tinha mais três pessoas sendo atendidas com sintomas de intoxicação.

– A Cris, mãe! – lembrou Rafael.

– Cris?

– Uma colega da minha classe. Foi o seu Antunes que levou a menina pro hospital, mas o que aconteceu lá depois, ninguém sabe. Viemos todos pra casa.

– Que horror... O pior é que ninguém fala coisa com coisa. O que se comenta é que um gás vazou da multinacional, mas ninguém sabe explicar mais nada.

– Que gás é esse, mãe?

– Não sei. Ninguém aqui da vizinhança conseguiu descobrir ainda. Ou mesmo entender toda essa situação. Nunca tinha acontecido nada igual antes. Claro que um tempo atrás teve o vazamento de produtos químicos...

– Vazamento? – Rafael estranhou.

– É. Resíduos dessa mesma multinacional despejados no rio da cidade. Parece que ela começou bem...

Rafael ouvia quase sem acreditar.

– Como é que eu nem fiquei sabendo, mãe?

– Saiu no jornal. Você não viu, não?

Rafael só balançou a cabeça, dando uma resposta negativa. A princípio, ficou desconcertado com a notícia. Abobalhado, sem querer acreditar. Em seguida, começou a sentir raiva. Primeiro, da multinacional; depois, dele mesmo.

– É melhor telefonar para o seu pai avisando que você chegou – Ângela interrompeu seus pensamentos. – Ele já ligou para cá duas vezes.

Rafael foi para o quarto guardar o material, enquanto a mãe telefonava. Ia devagar, sem pressa alguma. Era como se, contando os passos e caminhando lentamente, fizesse sua cabeça entrar nos eixos.

Como é que a Chemistry tinha feito um estrago desses no rio e ele nem ficara sabendo? Distração? Falta de interesse pelos fatos da sua cidade? Será que andara com a cabeça tão longe, a milhares de quilômetros, pensando em navios petroleiros, gaivotas, em outro país, que deixara de enxergar o que estava acontecendo bem ali, diante de seus olhos?

Essas eram as perguntas que torturavam Rafael. E a pior delas era a que surgia nesse momento, sem que ele tivesse qualquer resposta: "O que fazer agora?"

Notícias

– "Ontem, pela manhã, uma nuvem de gás ácido clorossulfônico causou pânico em onze bairros da cidade. O vazamento, que durou cerca de cinco minutos, veio da indústria recém-instalada no município, a multinacional Chemistry do Brasil, que produz cloreto férrico."

– Cloreto férrico, pai? – Rafael perguntou.

Marcos levantou os olhos e encarou o filho por cima do jornal que estava lendo. Respondeu em seguida:

– O cloreto férrico é usado no tratamento da água.

Rafael fez uma cara estranha. Ângela pediu:

– Acaba logo de ler, Marcos!

– Vamos ver onde eu estava... Ah, aqui: "O gás deixou os moradores apavorados, pois invadia as casas e até mesmo os carros nas ruas. Dezenas de pessoas foram levadas ao pronto-socorro e atendidas com sintomas de intoxicação".

– A dona Adriana... – disse Ângela.

– A Cris – completou Rafael.

– "Dependendo da quantidade inalada, o gás pode matar por asfixia ou causar pneumonite, processo inflamatório agudo dos brônquios, provocado por produto químico. A preocupação da saúde pública local é que as pessoas apresentem problemas futuros. Um acompanhamento médico se faz necessário."

O homem deixou o jornal cair na mesa, onde tomavam o café da manhã. Era sábado, e todos tinham acordado mais tarde. Na verdade, ninguém dormira muito bem por causa dessa história.

Marcos deixou escapar uma espécie de desabafo:

– Puxa vida...

– Isso é muito grave, pai! – protestou Rafael.

– Coitada da dona Adriana... – lamentou Ângela.

– A gente precisa fazer alguma coisa! Isso não pode ficar assim, pai!

Uma agonia, um desespero, uma sensação ruim de estar outra vez de mãos atadas tomava conta de Rafael. Até mais do que quando ficara sabendo do acidente com o navio petroleiro.

– Bom – Marcos começou –, com certeza, as autoridades vão fazer alguma coisa. Ainda mais depois de a indústria, em tão pouco tempo, ter causado duas agressões ao ambiente.

Rafael se levantou da mesa e foi para o quarto. Abriu a janela e deu uma olhada para fora. Céu azul, claríssimo e limpo.

Suspirou aliviado e ligou o computador, acessando a Internet em seguida.

– Cloreto férrico – disse Rafael em voz alta. – Vamos ver... vamos ver... achei! "Cloreto férrico: usado nos tratamentos de águas." Isso meu pai já tinha falado! "O cloreto férrico tem grande eficácia no tratamento das águas poluídas e traz melhor solução para o tratamento dos esgotos urbanos e industriais. É utilizado como floculante..." Floculante? "... para eliminar as impurezas dificilmente filtráveis e que decantam facilmente". Ah, sim! Deve ser para deixar as sujeiras em flocos, daí floculante...

O menino afastou-se um pouco da tela do computador, ajeitando-se melhor na cadeira. Depois ficou pensativo, a página de pesquisa ainda aberta na sua frente. Não saberia dizer por quanto tempo esteve assim, as ideias fervilhando na cabeça, o olhar não vendo coisa alguma...

Quando acordou dessa espécie de transe, entrou no seu *e-mail* e digitou o endereço de Amaral, contando-lhe assim toda a história, inclusive do derramamento de produtos químicos no rio. Pediu que lhe escrevesse ou telefonasse, precisava muito da sua ajuda. Bom mesmo seria se o próprio tio e os companheiros da ONG estivessem na cidade.

É preciso fechar!

Amaral só se pronunciou no domingo, por telefone. Achou melhor assim. Internet era bom, facilitava tanta coisa, mas nada como a voz do sobrinho e da irmã para matar um pouco a saudade. Ele se sentia mais perto, o coração mais aquecido.

Foi Ângela quem atendeu, mas não conseguiu falar direito com o irmão. Rafael estava ao seu lado fazendo mil e um gestos, cutucando aqui, puxando ali, até que ela acabou cedendo. Passou-lhe o telefone, mas não sem antes dar uma bronca no filho:

– Que falta de educação, menino! Não posso nem conversar mais?

– Depois, mãe, depois... – e foi agarrando o aparelho.

– Oi, Amaral!

– Oi, Rafa! Fiquei horrorizado com as notícias!

– E eu estou abismado até agora! Temos de fechar essa fábrica, Amaral! Andei pesquisando o que ela produz, o tal cloreto férrico, sei que é importante, que é usado para limpar a água que nós consumimos, mas não dá. Ela já fez um monte de coisas erradas em pouco tempo, arriscando a vida das pessoas, matando peixes, poluindo água, ar... que mais é preciso? É melhor a gente fechar. Acho que você e o pessoal da ONG deveriam vir para cá e...

– Rafael! Você está me deixando atordoado, cara! Calma!

– Não vem você me dizer para ter calma. Eu vi, Amaral,

eu vi toda aquela fumaça preta. Acho que ela deve ter feito mais um monte de buracos na camada de ozônio, isso sim!

– Só estou pedindo calma pra gente conversar direito. Eu sei que a situação é gravíssima. Eu queria mesmo estar aí para ter certeza de que essa indústria realmente vai ser punida e garantir que ela não faça mais...

– O quê? – Rafael nem deixou o tio terminar. – Você fala em uma segunda chance para aquela multinacional cretina? É isso o que eu estou entendendo?

– Você pensa que é fácil fechar uma indústria, Rafa? Que dirá uma multinacional!

– Amaral...

– Rafa, escute uma coisa. Nós temos de lutar, sim. Mas vamos pôr o pé no chão e agir de acordo com a realidade do Brasil. Estou superfeliz de você estar se envolvendo com isso, até pesquisas fez para saber mais a respeito da indústria, do que ela produz... Ótimo. É por aí mesmo. Acho que você poderia ainda procurar saber mais coisas.

Rafael fez cara de pouco-caso.

– Por exemplo?

– Se tem algum grupo ambientalista na cidade envolvido com essa questão. De repente até já esteja se mobilizando e você nem saiba.

Rafael não disse nada. Se mais coisas estivessem acontecendo bem debaixo do seu nariz e ele não soubesse, ia realmente ficar louco da vida. Tentou se acalmar. Nem de longe queria brigar com o tio igual àquela outra vez. Por isso começou com a voz mansa:

– Mas, Amaral, você não concorda que uma indústria que entrou aqui na nossa cidade, prometendo não sei quantas centenas de empregos, deixando todo mundo durante meses só falando nisso... você não acha que ela não tinha o direito de fazer uma coisa dessas?

– É claro que eu acho! Acho, não! Tenho certeza absoluta!

– Então, Amaral! A gente tem de se mobilizar e mandar essa indústria de volta para o lugar de onde veio. Ela que vá poluir o país dela, caramba!

– E não seria a mesma coisa?

– Como, a mesma coisa?

– Que diferença faz se ela polui o Brasil ou os Estados Unidos ou a França ou a Itália... qualquer lugar? O planeta não é o mesmo para todo mundo?

Rafael se sentiu um bobo de repente. Claro que ele tinha falado uma tremenda bobagem. Já conversara muito com seu tio a respeito disso. Amaral já lhe dissera que muitas multinacionais abriam novas sedes em outros lugares achando que o seu país de origem estaria livre da poluição. Que não havia o menor problema em degradar o ambiente dos outros. Como se essa degradação não fosse atingir a todos no futuro, indistintamente...

– Mancada minha, Amaral. Esquece. Mas você me desculpa, que desta vez eu ainda acho que estou certo. Aqui na nossa cidade, ela não pode ficar.

– Bom, Rafa, você pensa o que achar correto.

– Eu queria tanto que você estivesse aqui, Amaral! Não tem um jeito, não?

– Agora, não. Impossível.

– Puxa...

Amaral notou o quanto o sobrinho ficara decepcionado.

– Mas me mantenha informado, Rafa. E faça o que eu falei. Procure saber mais e o que dá para ser feito.

Rafael sentiu que não havia alternativa senão concordar.

– Tá legal. É isso o que eu vou fazer.

De volta para a escola

A conversa da segunda-feira de manhã ia, voltava, mas acabava em todas as rodinhas no mesmo assunto: o gás que vazou. Além, claro, de todos quererem saber como estava a Cris. A escola inteira queria.

– Eu estou bem – ela disse. Rafael, Gustavo, Carina e Cris conversavam no pátio durante o intervalo das aulas. – Acho que foi mais um susto. Que desespero me deu naquela hora! Estava supernervosa. Mas o médico falou para eu não ficar preocupada.

Rafael pensou no que o pai lera no jornal sobre "problemas futuros". Ficou torcendo para que a amiga não tivesse nenhum.

– O pior já passou mesmo – ela continuou. – E eu não quero nem me lembrar mais disso.

– Ah, mas a gente não pode esquecer, não! – Rafael falou, incisivo. – Essa indústria tem de pagar pelo que fez! E tem de sumir daqui da cidade. De preferência, não reabrir em nenhum outro lugar, porque na certa vai acabar fazendo tudo de novo.

– Você fala em fechar a Chemistry?

Rafael olhou para Gustavo. Era ele quem perguntava, e sua cara denotava uma estranheza muito grande.

– Mas é claro! A "Chemistry" – Rafael fez uma voz enjoada ao pronunciar esse nome – tem de ser fechada.

– Você é louco, Rafa? Tá esquecendo que o meu pai trabalha lá?

Por um momento, Rafael tinha esquecido, sim. Mas... e daí? Ele que arrumasse outro emprego, ora essa! Entretanto, não disse isso ao amigo do modo como pensara. Deu uma maneirada nas palavras:

– O seu pai consegue outro emprego, Gustavo.

– Pra ganhar o que ele ganha? Rafa, acho que você não tem noção das coisas. A gente passava uma baita dificuldade, com um salário mísero, contadinho... agora ele ganha o dobro do que ganhava no seu último emprego. Eu te contei que ele até ajudou o meu irmão a comprar uma moto!

As meninas resolveram interromper a discussão dos dois. Cris deu um cutucão em Carina e fez um sinal para que fossem à cantina. Não estava em condições de ficar discutindo ou mesmo ouvindo uma conversa que a fazia se lembrar do que não queria. Aquele desespero, aquela sensação ruim... tudo isso ainda lhe fazia muito mal.

Carina entendeu o recado.

– Depois a gente se fala, Rafa. A Cris não está muito bem...

– Você não está bem, Cris? – preocupou-se.

– Não, Rafa, não é nada... só quero ir até a cantina.

As duas saíram. Rafael ficou por alguns momentos acompanhando-as com o olhar. Depois, virou-se para o amigo. A conversa ainda não estava encerrada:

– Nada justifica o que a indústria fez. E ainda fará, se ninguém tomar uma providência.

Gustavo fez cara de desprezo.

– Rá! Queria ver se fosse com o seu pai, se você ia ficar posando de ecologista!

– Não estou posando de ecologista!

– Está, sim! – ele aumentou o tom de voz.

– Gustavo, até parece que você não quer entender!

– Você é que não quer! É o emprego do meu pai! Um bom emprego! E eu não vou mais falar com você, porque não quero brigar. Se quiser continuar meu amigo, tire essas coisas da cabeça!

Pela firmeza de Gustavo, Rafael não teve dúvidas de que ele estava falando sério. Só que o amigo não enxergava o mesmo que ele, poxa! Como deixar uma indústria poluir o ambiente bem debaixo do nosso nariz e não fazer nada? Como?

Gustavo saiu bravo e Rafael ficou mal com isso. Não se falaram nas últimas aulas nem foram embora juntos para casa, o que normalmente acontecia.

Na saída da escola, o garoto estava sozinho e triste. De novo, uma sensação de mãos atadas, de não saber como ajudar. De querer tanta coisa e não ter a mínima ideia do que fazer.

Emoção

Rafael arriscou e foi até a casa de Carina, logo mais à tarde. Quem sabe ela pudesse ajudá-lo, tirar esse peso todo do seu peito.

Assim que a menina ouviu chamar seu nome, espiou pela janela da sala, como da outra vez.

– Preciso conversar com alguém – ele disse, lá fora, no portão.

– Com alguém ou comigo?

Rafael tentou sorrir. Carina percebeu que a cara do garoto estava péssima. Saiu da janela e foi recebê-lo no portão.

– Nossa, Rafa! Que cara é essa? – foi logo perguntando.

– Você nem imagina, Carina...

– Bom... imaginar, acho que eu imagino. Você brigou com o Gustavo.

– Você viu, né?

Ela fez um sinal positivo com a cabeça.

– Pelo menos até o momento em que a Cris e eu fomos para a cantina. O que aconteceu?

Rafael encostou-se no muro. Dobrou um dos joelhos, colocando o solado do pé também contra o muro. Cruzou os braços e respondeu, olhando para a frente:

– O Gustavo não entende que a multinacional tem de fechar.

– Mas o pai dele trabalha lá. Você queria que ele entendesse e achasse bom?

Rafael virou-se para Carina, posicionando-se de frente para ela.

– Não estou dizendo que seja bom para o pai dele. Mas ele consegue outro emprego num lugar que não comprometa a vida das pessoas e do planeta.

– Rafa, sempre achei você meio exagerado nesses assuntos.

– Não é exagero, Carina!

Rafael falava muito sério. Não estava entendendo por que as pessoas tinham resolvido não acreditar em tudo o que já estava constatado: se ninguém cuidar, se ninguém mudar o comportamento, o planeta Terra corre o risco de ficar insuportável para se viver.

Carina tentou explicar:

– Rafa, emprego não se arranja assim, do nada. Você nunca passou por essa situação, então não sabe o quanto é difícil. Eu sei. Meu pai, quando morava aqui, vivia desempregado. Em parte, por culpa dele próprio, não posso negar isso. Mas não a minha mãe! Ela sempre foi uma mulher batalhadora e também já sofreu com o desemprego. Se ela arrumasse um trabalho em que ganhasse mais, duvido que ia querer perdê-lo.

– Até você, Carina? – Rafael não pôde esconder a sua decepção.

– Mas é verdade!

Rafael não disse nada. Voltou a ficar pensativo, olhando para a frente, vendo as pessoas, os carros passando.

Será que ninguém no mundo concordava com ele? Estava sentindo que nem mesmo a Carina o compreendia.

– Você está triste, Rafa?

Com uma das mãos, Carina trouxe delicadamente o rosto do menino de volta. Rafael sentiu aquela mão macia que tocava parte de seu rosto, de seus cabelos, de seu pescoço... Seria tão bom se a Carina o entendesse! Tão bom!

Mas, olhando para ela, dentro de seus olhos, parecia que a garota o entendia, sim. De um jeito diferente, talvez, mas ele a sentia perto. Como a gente sabe, a gente sente, sobre uma pessoa com quem se pode contar.

E era assim com Carina. Mas não era só amizade. E era esse algo mais que ele queria e que esperava dela também.

Carina percebeu que Rafael mudara o seu jeito. Ficou um clima diferente entre os dois. Tanto ele quanto Carina sentiram essa mudança. Não era preciso dizer nada.

Foi por isso que Carina, sem graça, tentou puxar a mão. Só tentou, mas não conseguiu porque Rafael a segurou. A menina não fez nenhuma tentativa contrária. Deixou que o garoto segurasse a sua mão e a levasse de volta para perto dele, deslizando-a pelo rosto, pelos lábios, até sentir o seu cheiro. Era uma sensação tão boa que a fazia arrepiar.

Os dois estavam tão perto agora! Rafael soltou a mão de Carina para colocar a dele no rosto dela. Sabia que a hora era essa. Tanto que planejara falar ou pedir. Não, não era preciso nada disso. Nem falar, nem pedir. Contava somente o que ambos estavam pensando. Não só pensando mas, principalmente, sentindo e desejando.

E foi assim que aconteceu o primeiro beijo.

Mundo da lua

– Estou morta! Sabe quantos clientes apareceram hoje na loja? Também não sei, mas foi uma multidão. E pega caixa de sapato, e desce caixa de sapato, e leva de volta caixa de sapato...

Alice falava sem parar, enquanto ia sentando no sofá e dobrando os joelhos para ficar na posição de "pernas de índio". Um pouco falava, um pouco massageava os próprios pés, mas Carina nem prestava atenção.

Alice podia ser tudo, menos distraída com relação às suas filhas.

– Que aconteceu, Carina?

– Hein?

– Sabia que você nem estava prestando atenção.

As duas assistiam tevê. Bárbara já tinha dormido, logo após o jantar. Mas ainda era cedo. Alice sentiu que era hora de dar um pulinho na biblioteca municipal e pegar um novo livro para ler. Aquela novelinha das oito a estava enjoando. Por isso tagarelava sem prestar muita atenção. Mantinha o aparelho ligado mais para ouvir algum barulho do que para se ater aos diálogos dos atores.

– Pelo jeito, você também não estava nem aí para a novela, né, Carina? Tá com a cabeça onde, então?

Em vez de responder, ela veio com outra pergunta:

– Se arrumasse um emprego para ganhar mais, você saía da loja?

– No mesmo instante!

– Foi o que eu pensei...

– Que papo é esse, Carina? Vai me dizer que arrumou um emprego melhor pra sua mãezinha aqui?

– Não, né, mãe!

– Então, não entendi.

– É que o Rafa, um amigo meu...

Carina pensou no que acabara de dizer. Rafael já não era apenas um amigo. Não depois daquele beijo, de tudo o que disseram um ao outro, revelando o que antes estava tão bem guardado, confessando desejos.

– Eu e o Rafael nos beijamos.

– O quê? – Alice parou com a massagem e esticou as pernas.

– Eu gosto dele. E ele de mim. Acho que nós estamos namorando. Quer dizer, *estamos* namorando.

– Ai, meu Deus... e o que é que isso tem a ver com essa história de emprego?

– Nada. É que eu comecei falando: "O Rafa, um amigo meu...". Agora não é mais só um amigo. Por isso.

– Carina, eu não estou entendendo nada. São dois assuntos, então? Seu namoro e o meu emprego? Vamos falar de um de cada vez, está bem?

Carina sorriu. A cara toda confusa da mãe estava muito engraçada.

– Não é seu emprego, mãe. Eu vou explicar.

E Carina lhe contou o que estava acontecendo, sobre as angústias de Rafael e o que ela dissera a ele. Queria saber o que a mãe achava. Precisava de uma opinião.

A mãe escutou tudo, prestando muita atenção.

– Então, mãe? O que você acha? – Carina quis saber.

Alice não respondeu de imediato. De repente, agora, aquele barulho de tevê ligada para ninguém começou a incomodá-la. Pegou o controle remoto e mirou o aparelho, desligando-o.

Depois, virou-se para a filha:

– É uma questão difícil, Carina. Por um lado há o emprego, que é uma das maiores preocupações dos brasileiros hoje. Você sabe bem como anda a situação do país. Tem um exemplo aqui em casa, acompanha de perto.

– Eu sei. E sei também que há muita gente numa situação pior.

– E põe pior nisso! – concordou a mãe. – Para algumas pessoas, simplesmente falta tudo. Emprego, educação, alimentação e saúde. Claro que não são coisas separadas. Uma coisa puxa a outra. Como ter saúde se não se tem uma alimentação decente? Ou saneamento básico, por exemplo? Como ter educação se ainda há quem não ponha os filhos na escola porque precisa que trabalhem para ajudar no sustento da família? Como viver sem um emprego?

Carina deu um longo suspiro. Sabia de tudo isso. Era o motivo pelo qual se revoltava às vezes, querendo que as coisas mudassem, que todos tivessem os mesmos direitos. Todos, de todo o planeta.

– Por outro lado, há o nosso ambiente, a nossa casa, a nossa saúde, a nossa vida – Alice fez uma pausa. – É realmente muito difícil.

– Às vezes eu acho que o Rafael exagera um pouco. Já falei isso pra ele, que é meio radical.

Alice fez uma cara preocupada.

– Não sei se é exagero, Carina. A gente sabe que a qualidade de vida no mundo piorou muito nos últimos anos. Se hoje está do jeito que está é porque lá atrás não houve o mínimo de cuidado na preservação do ambiente. Ontem mesmo eu ouvi uma rápida notícia no rádio que me causou medo.

– Medo, mãe? – Carina franziu as sobrancelhas.

Alice explicou:

– Era uma espécie de campanha para cuidar da água. Não desperdiçar, não poluir... Você sabe que a água do planeta também está em crise.

– Eu sei. Os professores da escola falam direto sobre isso. Mas o que a notícia dizia de tão grave, mãe?

– Dizia que vinte e cinco por cento da população mundial adoece por causa de doenças relativas à contaminação da água e que sessenta e cinco por cento precisa de internação. Fora as crianças que morrem por esse mesmo motivo. É um número muito elevado.

– Nossa...

– Fiquei chocada também. E tudo por quê? Ações praticadas pelos homens, minha filha. Agora, vamos pensar, por exemplo, no que aconteceu aos animais e às plantas. Muitos foram extintos. Nós nem conhecemos algumas espécies que existiram e que sumiram da Terra! E corremos o risco de não deixar que as futuras gerações conheçam outras tantas. Olha quanta coisa os seres humanos e a própria ciência perderam.

Carina ouvia a mãe atentamente. Era como se estivesse numa aula, o professor explicando, falando tudo o que achava importante. Achou a mãe tão inteligente! Sentiu-se mais uma vez muito orgulhosa e imensamente feliz de ser sua filha.

– Eu sei, mãe, de tudo isso. Aliás, todo mundo sabe. A toda hora tem alguém falando.

– Você está certa. Todo mundo sabe, mas continua fazendo tudo errado – Alice realmente tinha se entusiasmado com o assunto. – Quantas pessoas ainda caçam animais silvestres? Quantos os compram, mesmo sabendo que estão contribuindo para que sejam extintos? Claro que sabem, mas continuam fazendo. Sabe, Carina, eu vejo o trabalho desses ecologistas que aparecem na televisão, tudo o que eles fazem, e também dos professores. São tantas pessoas procurando conscientizar o povo! Eu tenho que tirar o meu chapéu para elas. É um trabalho de formiguinha!

– Formiguinha, mãe? – Carina achou engraçada a expressão.

– É. Um pouquinho aqui, um pouquinho ali... até levar a conscientização para as pessoas do mundo todo.

– É verdade – concordou a menina.

Carina de repente se lembrou. Deu um pulo no sofá.

– E a multinacional, mãe?

– Também vai ser preciso um trabalho de formiguinha nesse caso.

Carina mordeu os lábios. Será que Rafael ia ter ânimo mesmo para fazer esse trabalho de formiguinha, do qual falava a mãe? Ele sempre fora maluco por essas questões ecológicas, mas seu maior sonho era ir trabalhar com o tio na França. Será que mudaria de ideia algum dia?

Alice interrompeu os pensamentos da filha. Carina estava tão séria, o ar tão preocupado! A mãe resolveu quebrar a tensão:

– Muda essa cara, que agora chegou a vez do segundo assunto.

– Segundo assunto? – Carina não tinha compreendido, não fazia nem ideia do que a mãe estava falando.

– Pode ir me contando direitinho essa história de namoro.

Conflitos

Se por um lado a tarde com Carina tinha sido para lá de boa, durante a noite a cabeça de Rafael ainda continuava dando voltas. Ficava difícil pensar, posicionar-se de um jeito e depois mudar... Estava tudo muito complicado.

Não conseguia deixar de pensar em Gustavo. Sabia que ele não estava errado em defender o emprego do pai, já que agora a família desfrutava melhores condições de vida.

Que coisa! O pai de Gustavo tinha de trabalhar justamente lá? Não podia ser em outro lugar, não? Ficaria mais fácil lutar para que a indústria fechasse as portas. Quando não se conhecem as pessoas envolvidas, é sempre mais fácil tomar certas decisões.

Mas, de repente, Rafael começou a pensar que diferença fazia se era o pai de Gustavo ou qualquer outra pessoa. Quer dizer que, se fossem trabalhadores desconhecidos, aí tudo bem? Se a empresa de fato fechasse, por acaso isso não iria interferir na vida de todos os que trabalhavam lá?

Rafael ficou mais deprimido ainda. Não era uma pessoa fria, insensível, que não pensava nos outros. Pelo contrário, tudo o que sempre ponderava sobre defender a vida no planeta levava as pessoas em consideração. Sempre as pessoas, acima de tudo.

Por isso é que estava tão difícil entender o que pensava e o que queria. Vai ver, Amaral estava mesmo certo quando lhe perguntou se ele acreditava ser fácil fechar uma indústria. Talvez fosse por isso. Porque também tinha esse lado. O lado dos empregos, da própria sobrevivência das pessoas. Com certeza, ia ter muita gente lutando contra também.

Mas como deixar que uma indústria se instale num lugar, ganhe inúmeros benefícios em troca dos empregos prometidos e depois comece a prejudicar todo mundo a torto e a direito?

Deve ter alguma lei que não permita isso! Ou a lei nunca é cumprida quando o lado analisado é o do mais forte?

Lembrou-se do caso do acidente com o petróleo e do que Amaral tinha lhe falado. Tudo é extremamente difícil quando se tem muito dinheiro envolvido. Não é em nome dele que as guerras são proclamadas? Em nome da ganância e do poder?

Será que Rafael estava sendo radical demais, como a Carina já lhe dissera? Que as coisas não eram bem assim?

O garoto começou a pensar que tinha mesmo muito a aprender. As coisas não são tão simples como ele imaginava. Se fossem, não precisaria haver tanta gente trabalhando e fiscalizando. Como a ONG do Amaral, por exemplo.

Rolou na cama durante horas, sem conseguir dormir. Era muita coisa acontecendo ao mesmo tempo. Não só coisas ruins. Tinha a Carina também. E isso era muitíssimo bom.

Procurou pensar nela e esquecer indústrias, rios, empregos, nuvens... tudo. Só Carina importava.

A multa

Na manhã seguinte, Rafael descobriu duas coisas pelo jornal. A primeira era que a Chemistry ia ser multada por crime ambiental, e a segunda, que um grupo ambientalista já tentava conversar com a indústria a fim de buscar soluções.

– Que tipo de soluções será que eles estão buscando? – Rafael perguntou.

Carina balançou a cabeça de um lado para o outro.

– No jornal não falava mais nada? – ela perguntou.

– Não.

Gustavo passou por Rafael e Carina, sem cumprimentá-los. Os dois conversavam na porta da classe, esperando a professora que ainda não tinha chegado.

O amigo de Rafael entrou rápido, de cabeça baixa. Carina deu um tempo e depois perguntou para o namorado:

– Vocês ainda não fizeram as pazes, é?

Rafael balançou a cabeça negativamente.

– Ele está bravo. Deixa, que passa.

– Não acho certo vocês dois ficarem brigados. São tão amigos!

– E o que é que eu posso fazer?

– Conversa com ele, Rafa.

Rafael concordou, balançando a cabeça.

– Eu vou fazer isso.

A professora de matemática acabava de chegar. Rafael e Carina entraram na sala junto com ela. O garoto passou pela carteira de Gustavo e disse:

– A gente precisa conversar, Gustavo.

Mas o amigo só lhe fez uma pergunta:

– Já tirou aquelas besteiras da cabeça?

O menino não respondeu, apenas reafirmou:

– Depois a gente conversa.

Rafael foi para o seu lugar e só voltou a falar com Gustavo no intervalo. Carina achou que eles deveriam conversar e nem se importou de não ficar com o namorado. Saiu com Cris e outras amigas da classe.

Gustavo nem esperou Rafael falar nada. Já veio na defensiva:

– Pra seu governo, Rafa, eu conversei com o meu pai e ele me contou que a Chemistry tem muitos programas sociais, viu? Ela não é essa vilã que você está pensando.

– Gustavo, isso que você me falou não tem nada a ver com os fatos que aconteceram. Um: a indústria poluiu o rio, a nossa água, que vai para a casa de todo mundo, além de matar diversos peixes. Dois: ela infestou o ar, desta vez deixando várias pessoas doentes.

– Não estou dizendo que foi certo – Gustavo não viu outra saída a não ser admitir a gravidade da situação. – Mas foi um acidente! Só isso! Parece que você não quer entender!

– Gustavo, será que você não compreende, cara? Encara como acidente porque quer defender a indústria de qualquer jeito. Mas acidentes desse tipo – Rafael falou pausadamente as palavras seguintes – não podem acontecer! Entende agora?

Gustavo fez uma cara contrariada:

– Então você ainda não tirou aquelas coisas da cabeça.

– Não estou falando nada, Gustavo. Aliás, descobri que eu não sei nada de nada. Só estou querendo entender e ajudar. Não a indústria, mas as pessoas que vivem aqui. Só que eu não quero brigar com você. Hoje de manhã, descobri que há um grupo ambientalista tentando se envolver no caso, além das autoridades, é claro. Vou procurar saber o que eles estão pensando.

– Rafa, ouça bem. Meu pai não pode perder esse emprego e...

– Nem seu pai nem ninguém – Rafael cortou. – Vamos tentar resolver sem brigar, tá bom?

Gustavo concordou com a cabeça. Também não queria brigar. Rafael era seu melhor amigo.

Apertaram as mãos e voltaram para a classe.

O escritório da ONG

Rafael telefonou para o jornal e conseguiu com o repórter o endereço do escritório do grupo ambientalista que atuava na cidade. Era a ONG Por Um Planeta Sustentável.

Chegando lá, viu algumas pessoas reunidas. E conversavam exatamente sobre o caso da multinacional.

O garoto se apresentou, dizendo que seu tio trabalhava numa ONG francesa que também defendia o meio ambiente e que por isso sempre esteve envolvido com essas questões. Falou que gostaria de saber o que poderia ser feito nesse caso da indústria.

Leandro, um dos rapazes do grupo, ficou conversando com ele.

– Bom, Rafael – começou –, o que nós estamos tentando fazer agora é conversar com a Chemistry. Já sabemos que ela vai ser multada, que é o que se costuma fazer em situações como esta.

– Tudo bem, Leandro, a indústria vai ser multada. Mas me fala uma coisa: isso resolve?

– Depende. Às vezes sim, às vezes não. Acontece que muitas multinacionais vêm para cá porque nossas leis ambientais são brandas demais, ao contrário do que ocorre em outros países, como no lugar de origem dessas indústrias, por exemplo. Por isso elas não se importam com o preço a pagar. Para uma empresa desse porte, o valor da penalidade não significa muito. Seria necessário aplicar multas pesadas mesmo. Aí, sim.

– Eu imagino o dinheirão que elas têm.

– Verdade. Mas não é só multinacional, não. Tem muita empresa brasileira que não quer nem saber de mudar seus padrões, de investir para não agredir o ambiente. Você nem imagina, Rafael. As autoridades vão lá, multam e elas continuam fazendo a mesma coisa. Não estão nem aí. Até parece que não vivem no mesmo planeta.

– São umas egoístas! Só pensam em dinheiro, eu sei.

– Vou contar um caso para você. Há uma tinturaria aqui na cidade que, de tanto a gente ficar em cima, falar, fazer visitas de conscientização, o que não é fácil, de tanto tomar multas e mais multas, resolveu pôr filtros nas chaminés para poluir menos o ar. Ufa! Até que enfim, não é?

Rafael fez cara de quem concordava. Só não estava entendendo aonde o rapaz queria chegar. Ele dava uma boa notícia com a expressão de que viria outra ruim logo em seguida. O garoto esperou para ver se Leandro confirmava a sua hipótese.

– Só que esses filtros – ele retomou – têm de ser trocados de tempos em tempos, senão acabam rasgando e, claro, não retêm os resíduos direito. Concluindo: poluem o ar da mesma forma. Um pouco menos, é verdade, mas poluem. Agora, meu caro, imagine o final dessa história.

Rafael deu um suspiro antes de falar.

– A empresa nunca trocou os filtros.

– Exatamente.

– Que coisa!

– Há empresários que não têm a mínima consciência mesmo, Rafael. Acham que só o dinheiro é que importa. Se for investir, vai diminuir seus lucros, e isso nunca, não é?

– Então, o que é que a gente pode fazer? No caso da multinacional, ela pode continuar agredindo o ambiente!

– É sobre isso que nós queremos conversar. Temos de mostrar aos dirigentes, por exemplo, que a indústria pode continuar lucrando, mesmo investindo em melhorias para proteger o ambiente. Ela deve, pelo menos, trabalhar dentro dos padrões da ISO 14000.

"ISO 14000..." – Rafael ficou pensativo. Já tinha ouvido esse nome, tinha quase certeza disso. Mas onde?

– Sabe, Rafael – Leandro desabafou –, é tanta coisa, mas tanta coisa!...

– Eu sei. A situação é desanimadora.

– Felizmente, algumas empresas estão sempre investindo na preservação ambiental. São essas exceções que nos motivam a continuar a luta. Já que você gosta tanto do assunto, será que não podia ajudar a gente? O que acha?

– Acho ótimo! Foi pra isso que eu vim aqui. Vivo falando para o meu tio que, quando eu fizer dezoito anos, vou embora do Brasil para trabalhar com ele.

– Legal, Rafael, mas até lá você tem bastante coisa para fazer por aqui mesmo.

– É... – confirmou o menino e, depois de uma pausa, disse: – Agora eu já vou, Leandro. Volto amanhã para saber as novidades.

– Estamos tentando marcar uma reunião com a diretoria da indústria – Leandro informou. – Já disseram que vão falar com a gente, dar explicações, mas precisam de um tempo para agendar... essas coisas.

– Se houver mesmo essa reunião, aposto que eles vão arranjar um monte de desculpas para o que aconteceu.

– Realmente. Mas, para nós, o mais importante é saber que tipo de providências vão tomar daqui para a frente.

– E será que vão mesmo tomar?

– Eles têm de tomar – Leandro foi enfático. Em seguida, pôs uma das mãos no ombro de Rafael. – Nós vamos convencê-los.

E-mail 4

Amaral,

A situação é a seguinte: conforme você previu, existe mesmo aqui na cidade um grupo ambientalista envolvido no caso da multinacional. É a ONG Por Um Planeta Sustentável.

Conversei com o Leandro, um dos ativistas, e ele me disse que está tentando conversar com os diretores da indústria. Acho que eles estão é enrolando, para ganhar tempo e in-

ventar um monte de desculpas. Fora as promessas que eu imagino que vão fazer também.

O pior você não sabe: lembra que eu te falei que achava melhor fechar de uma vez essa empresa poluidora? Pois é. Arranjei uma briga com o meu melhor amigo por causa disso.

O pai do Gustavo trabalha lá, e foi justamente esse emprego que melhorou muito a vida da família. Ele ficou bravo pra caramba quando eu lhe contei sobre as minhas ideias. Chegou até a defender a Chemistry, pode isso? Disse que ela desenvolve vários programas sociais e que ajuda muita gente.

O Leandro falou que as autoridades vão multá-la e até já estipularam a quantia: 10 000 UFIRs. Descobri que UFIR quer dizer Unidade Fiscal de Referência e que seu valor varia, dependendo do dia do pagamento. Por isso mesmo é que as multas são aplicadas assim.

Peguei o jornal hoje cedo para ver quanto valia cada UFIR e fiz as contas. O valor da multa, hoje, é aproximadamente R$ 10 600,00.

Dez mil reais é um bom dinheiro para muita gente. Agora, me fala se isso é muito para uma multinacional que fatura milhões por ano?

O Leandro tem razão. Enquanto o governo não aplicar multas realmente pesadas, essas indústrias, tanto as multinacionais quanto as brasileiras, vão continuar nem dando bola para a questão do meio ambiente.

O lance agora é que eles vão conversar e procurar resolver. Ou melhor, tentar convencer o pessoal da empresa de que al-

guma coisa tem de ser feita para que ela não volte a cometer nenhum outro crime ambiental.

Será que vai ser fácil, Amaral? Não sei, não.

Um abração.

Rafa.

E-mail 5

Rafa,

Gostei de ver. Está procurando ir a fundo e pondo a mão na massa. É isso aí. Você pode ajudar a fiscalizar junto com essa ONG, independentemente do caso da Chemistry. Fora as outras coisas que eu já lhe falei, do tipo "olhos bem abertos". Tá lembrado?

Quanto às suas colocações, você está coberto de razão. Eu já tinha lhe dito isso, lembra? Quando milhões de dólares estão em jogo, é difícil conseguir leis mais duras. Muitas vezes o governo também vê seus interesses. Não vou dizer que ele esteja totalmente errado, porque uma das questões pensadas quando as multinacionais se instalam aí no Brasil é a geração de empregos. Você já tem uma ideia pelo pai do seu amigo. Quantas famílias não estão envolvidas?

Só que uma coisa é certa: não é porque a Chemistry gera emprego, não é porque desenvolve programas sociais, que ela tem o direito de comprometer a qualidade de vida das pessoas.

Há ainda uma mentalidade, por parte de algumas multinacionais, de que, ao jogar seus lixos tóxicos em países menos desenvolvidos, estarão livrando da poluição os seus locais de origem. E isso é uma ilusão. Não importa o lugar que se polui, as consequências serão para todos.

O que fazer, então? Como salvar o planeta se no mundo todo há sempre alguém agredindo o ambiente?

Não há como resolver todos os problemas, é claro. Mas, se fizermos o que está ao nosso alcance, o bom resultado das nossas ações será sentido por todos. É o lema da nossa luta ecológica: "Pensar globalmente e agir localmente".

O que o Leandro e a ONG estão fazendo é exatamente isso: agem na sua cidade para evitar que a indústria polua o ambiente local e, com isso, ajudam toda a humanidade.

Quando alguém provoca queimadas, desperdiça energia, polui a água e o ar, seja aqui, aí ou na China, todo o planeta é prejudicado.

Cabe a nós, localmente, denunciar, combater esses comportamentos e conscientizar as pessoas. O resultado disso tudo será sentido globalmente, entendeu?

Por aqui ocorre a mesma coisa. Nós sempre encontramos grupos de pescadores burlando as leis e pescando em local proibido. Não adianta apenas expulsá-los e apreender os peixes. Eles voltam. É preciso convencê-los de que é possível, ao mesmo tempo, obedecer à lei e garantir sua sobrevivência, pescando espécies que não correm risco de extinção, por exemplo.

É isso, Rafa. Continue agindo localmente. Ou, como eu lhe disse no começo das nossas conversas: fique de olhos bem abertos.

Um abração.

Amaral.

A ISO 14000

Rafael não sabia por quê, mas naquele dia, assim que abriu os olhos, um estalo fez com que pulasse da cama.

– Já sei onde escutei isso!

Levantou depressa, foi ao banheiro e escovou os dentes. Se ele se apressasse, daria para tomar um café rápido e ainda sobraria um tempinho para conversar com o pai.

– Preciso falar com você – Rafael foi sentando e pondo leite na xícara.

Marcos tomava o seu café tranquilamente. Já Rafael parecia ter acordado com um ânimo fora do comum.

"Milagres acontecem", pensou o pai. Sempre achou que o filho só ia acordar mesmo quando já estivesse na porta da escola. Ou dentro da classe, quando o professor falasse o seu nome na chamada. Antes, parecia um zumbi, fazendo todas as coisas automaticamente.

Olhou para ele e perguntou, na maior calma:

– O que você quer conversar?

– Foi você que falou uma vez numa tal de ISO 14 000, não foi?

– Acho que sim. A empresa está se reestruturando para seguir os padrões da ISO, e eu faço parte da equipe que implementa as mudanças. Por quê?

– Por quê? Puxa, pai! Por que você não me contou? Isso aí é para a indústria não poluir mais, não é?

Marcos terminou de cortar seu pão. Estendeu a mão e pegou o pote de manteiga. Aí respondeu:

– Primeiro: não é só para isso. Segundo: faz meses que estou falando nisso aqui em casa! Muitas vezes eu conversei com a sua mãe a respeito desse assunto na sua frente e você nem ligou.

– É verdade, Rafa – disse Ângela, que também estava à mesa. – Várias vezes a gente conversou sobre isso na sua frente.

Rafael fez uma cara de quem estava aflito.

– Mas vocês deviam ter me contado o que era!

– Você nunca perguntou! – Marcos falou com espanto. – O que é que você quer saber afinal, Rafael?

O menino engoliu um pouco de leite. Cortou um pedaço de pão e passou manteiga. Ia fazendo tudo e falando ao mesmo tempo:

– O negócio é o seguinte: falei pra vocês que eu conheci o Leandro, da ONG aqui da cidade?

Os dois balançaram a cabeça afirmativamente.

– Então, ele disse que a multinacional tem de trabalhar de acordo com as exigências da ISO 14000, pelo menos.

– Bom, isso eu também acho – concordou Marcos.

– Me explica direito, pai – Rafael pediu.

Marcos começou:

– A ISO 14000 direciona uma série de procedimentos para a empresa seguir. São muitas coisas, tudo visando a produzir com qualidade, mas sem agredir o ambiente. Aí uma equipe vai estudar, ver tudo o que tem de ser mudado para que a firma receba o certificado da ISO.

– Então são empresas que têm essa consciência ecológica de que tanto falamos, pai?

– É. Mas a coisa não é tão romântica como você está colocando.

Rafael franziu as sobrancelhas.

– Como assim?

– Não é só por isso, porque vai proteger o planeta de graves danos ambientais. É tudo uma questão de competitividade de mercado.

Agora é que tudo tinha embolado mesmo na cabeça do menino. O que uma coisa tinha a ver com a outra? Não estavam falando em proteger o ambiente? Onde entra o mercado nisso?

– Não entendi – ele confessou.

– Filho, todas as ISOs surgiram para dar destaque às empresas que trabalham com altos padrões qualitativos. A ISO 14000, em específico, certifica que, além de uma empresa produzir com qualidade, ainda protege o ambiente e não o agride. Entendeu?

Rafael balançou a cabeça devagar, como se começasse a entender. Resolveu verificar se o seu raciocínio estava certo:

– Então, ela consegue vender mais. É isso?

– Isso mesmo. Você sabe que aqui no Brasil nós já temos empresas que só compram de fornecedores que tenham o certificado da ISO?

– Entendi. É uma questão de concorrência.

O pai respondeu positivamente com a cabeça. Em seguida, levou sua xícara à boca. Depois continuou:

– É uma forma de forçá-los a não destruir o ambiente com seus resíduos e, consequentemente, preservar a vida das pessoas.

Ângela pousou sua mão sobre a do marido, sorrindo amorosamente.

– Estou tão orgulhosa do seu pai, filho! Vê como ele também ajuda a preservar o planeta, como você vive falando?

– "Pensar globalmente e agir localmente" – Rafael pensou em voz alta.

– O que você disse, filho? – Marcos perguntou, enquanto trocava olhares e sorrisos com Ângela.

– Disse que você está fazendo tudo certo, pai.

A reportagem

Rafael não costumava ver reportagens televisivas, principalmente à noite, pois geralmente estava na rua jogando bola ou conversando com os amigos, ou ainda em casa, na Internet.

Mas a chamada de uma emissora de tevê, particularmente, lhe chamou a atenção. Iam falar sobre a qualidade do ar nas grandes cidades.

Já tinha ouvido falar muito a respeito do assunto. Inclusive sobre os tais rodízios de carros e os protestos que isso causava.

Sua cidade era muito menor que São Paulo, por exemplo – que ficava a pouco mais de uma hora dali –, mas já tinha muitos dos problemas das metrópoles.

Por isso resolveu mudar sua costumeira programação e assistir. Quem falava na reportagem era um especialista e estudioso em poluição do ar.

Ele começava dizendo que, em dias mais poluídos, era grande o número de internações em hospitais, mesmo quando a qualidade do ar não atingia níveis críticos de intolerância. E que, com isso, era possível imaginar o imenso desperdício de dinheiro público, já que o governo gastava muito com os problemas causados pela poluição.

Depois, falava que os maiores prejudicados eram os mais pobres, como os moradores das favelas próximas às grandes avenidas, por causa do alto tráfego de veículos.

Rafael deixou sua mente divagar e ficou imaginando como tudo na vida dessas pessoas era mais injusto. Além das condições indignas de moradia e alimentação, a saúde também era precária. Era por isso que Amaral lhe dizia que uma coisa tinha mesmo ligação com a outra.

Quando o menino voltou a si, o especialista já falava sobre possíveis soluções para diminuir a poluição do ar. Uma delas era realmente diminuir o número de carros. Outra, fazer com que o governo incentivasse o uso de transportes urbanos coletivos de qualidade. Disse ainda uma coisa que Rafael também não sabia. Aliás, nem sequer imaginava: uma moto podia chegar a poluir o mesmo que dez carros.

– Não acredito! – o garoto falou consigo mesmo.

Mas o especialista contou que novas leis já estavam sendo aplicadas, e o mesmo que havia sido feito com os carros novos deveria valer também para as motos – todas iam ter de se adequar a um sistema que poluísse menos o ambiente. Essas leis já vigoravam na Europa havia dez anos. E agora, felizmente, passariam a existir igualmente aqui no Brasil.

A última coisa mencionada pelo entrevistado fez a memória de Rafael entrar em ação. Era um recado aos motoristas: eles deveriam manter seus carros sempre regulados e não permitir que o catalisador fosse trocado por outra coisa, pois isso faria a emissão de poluentes aumentar até vinte vezes.

Assim que a reportagem acabou, o garoto desligou a televisão e saiu da sala. Passou pela cozinha e olhou no relógio de parede: onze horas. Os pais ainda não tinham voltado do cinema. Tomou um copo d'água e foi para o seu quarto.

Pegou um livro de ecologia que estava em cima da mesinha, ao lado do computador. Folheou automaticamente, lendo os títulos, passando os olhos com rapidez em alguns trechos.

Parou em um dos tópicos: ozônio. Já sabia que a vida na Terra dependia da camada desse gás na atmosfera. É ela que protege as pessoas da ação perigosa dos raios ultravioleta do sol.

Sabia também que, por causa da poluição, o planeta está se aquecendo, que mudanças no clima já são sentidas por todo o mundo, como secas, enchentes, derretimento das regiões polares, aumento do nível do mar... algumas cidades podem até mesmo desaparecer se ninguém fizer nada!

Apertou os olhos com força. Queria expulsar todos esses pensamentos da cabeça, pelo menos por um tempo, para não ficar maluco.

Depois, fechou o livro rapidamente, fazendo até um barulho quando uma parte se encostou na outra. Era como se dissesse: "Chega! Não quero pensar em mais nada, senão vou enlouquecer de vez!"

Empurrou o volume para um canto. Ajeitou o travesseiro, socou-o algumas vezes e se virou para o outro lado para tentar dormir. Rezou para esquecer logo tudo aquilo e pegar no sono de uma vez.

O choque

Os escritos em letras garrafais na tela escura interrompiam a transmissão do filme a que Rafael estava assistindo.

– Que droga! – ele reclamou em voz alta. – Justo agora, na melhor parte! – deu um suspiro e por fim se conformou. – O jeito é esperar. Vou aproveitar para ir ao banheiro e depois tomar água.

O garoto já ia se levantando, quando uma voz pareceu lhe ordenar que ficasse na sala:

– *Caros telespectadores, não saiam daí.*

Rafael virou-se para a tevê. Olhou o repórter de esguelha, que continuava inerte, aguardando uma resposta. Resolveu obedecer-lhe e voltou para o sofá.

– Vai logo, que preciso fazer xixi – comunicou.

– *Meus ouvintes* – o repórter desfez aquela postura estática e iniciou seu discurso –, *estamos mais uma vez entrando nos lares de todas as pessoas, numa rede mundial de transmissão, para falar da nossa campanha.*

– Campanha? Que campanha? – perguntou Rafael. Parecia não perceber que não adiantava falar com a tevê.

Porém, tinha a impressão de que o repórter respondia diretamente a ele:

– *Nossa campanha é um alerta. Prestem bastante atenção. Nunca se esqueçam, nem por um único segundo, de seguir estas instruções: jamais saiam de casa sem usar protetor solar e roupas especiais, incluindo chapéu, luvas e botas de cano alto. Cubram-se dos pés à cabeça. Óculos escuros também são imprescindíveis. Todo cuidado é pouco. O câncer de pele está aí, e é uma das inúmeras doenças causadas pela exposição aos raios ultravioleta do sol. Protejam-se! Cuidem-se!*

Dito isso, o repórter, muito simpático, deu um último sorriso para as câmeras:

– *Uma boa tarde e continuem com a nossa programação normal.*

Rafael estava boquiaberto. O filme já fora retomado de onde havia parado, mas o menino estava tão chocado que não conseguia entender nada do que o personagem falava.

Deu um grito:

– Mãe! Corre aqui! Você nem imagina o que o repórter da televisão falou agorinha mesmo! Mãe!

Ângela veio correndo. Essa mania do filho de chamá-la gritando, às vezes, a deixava maluca. Qualquer dia ia ter um baque no coração. Ah, se ia!

– O que é, Rafael? Assim você me assusta, menino! – ela bronqueou.

O garoto ainda estava com os olhos vidrados na tela.

– O repórter da tele... mãe?!? – o filho parou de repente, assim que olhou para ela. – O que é isso? É você mesma?

A mulher usava um macacão prateado de mangas compridas, luvas brancas, botas de cano alto por cima da calça, um chapéu com uma aba enorme e óculos de sol.

– Claro, Rafa! É que eu vou dar uma saidinha. Preciso ir até o açougue.

– Desse... desse... desse... – o menino parecia ter engasgado feito um disco antigo. – Desse jeito, mãe?

Ângela não conseguia compreender o porquê do espanto.

– Ué... Não gostou da minha roupa nova? – ela deu uma voltinha com as mãos na cintura. Parecia ter amado o modelito. E continuou falando. – Estava em oferta. O conjunto todo em três vezes e, como brinde, estes óculos de sol. Não são lindos, filho?

A mãe sorria de um jeito esquisito. Será que ele estava ficando louco? Será que ela estava realmente se achando bonita? Meu Deus!

– Não, mãe! – ele gritou, as palavras explodindo na garganta. – É horrível, horrível, horrível!

Enquanto protestava e esbravejava, Rafael ouvia um som longínquo, que vinha se misturar aos seus gritos. De repente, o som foi ficando cada vez mais perto, e ele pôde discernir a voz de Ângela, que falava seu nome repetidas vezes.

– Rafael! Rafael, acorde!

O garoto abriu os olhos lentamente. Primeiro, olhou para o teto. Depois, fixou o olhar no rosto de Ângela, ainda sem mexer o restante do corpo um único centímetro. Continuava largado na cama feito uma estátua. Apenas murmurou:

– Mãe? Cadê a sua roupa?

Instintivamente, Ângela olhou para baixo enquanto punha a mão nos seios, a fim de verificar se faltava alguma peça. Tinha certeza de já ter tirado a camisola. Estava agora de *short* e camiseta, preparando o café.

– De que roupa você está falando, filho?

Rafael abriu e fechou os olhos. Depois foi falando devagar, medindo as palavras:

– Você não está de chapéu... nem de óculos... – aí sua entonação de voz mudou. Era como se tivesse feito uma grande descoberta. – Que maravilha!

– Ficou louco, Rafael?! Será que dormiu com a televisão ligada de novo?

– Não, mãe, eu desliguei. Não viu quando chegou do cinema?

– Hum... Tudo bem. Então deve ter sonhado alguma maluquice. – Ela passou a mão na cabeça do filho, desmanchando ainda mais aquele cabelo bagunçado. – Já estava mesmo na hora de eu te chamar. Vai levantando que o café está pronto.

O menino obedeceu. Deu uma longa espreguiçada assim que se levantou da cama. A mãe veio logo atrás.

Mas antes de Rafael entrar no banheiro, virou-se para ela e disse:

– Você está bem mais bonita deste jeito, dona Ângela!

Deu-lhe um beijo e saiu feliz da vida. A mulher não entendeu nada.

O catalisador

Ao atravessar o portão de casa para ir à escola, Rafael viu o vizinho. Ele estava entrando no carro.

– Seu José! – chamou, dando uma corrida para alcançá-lo antes que ele partisse.

O homem olhou para o garoto. Ficou com a porta entreaberta, sem descer do automóvel, e esperou.

– Oi, Rafael! Bom dia!

– Bom dia, seu José – o menino ficou meio sem graça de repente. Tinha chamado o vizinho num impulso, mas agora estava um tanto constrangido. Então perguntou: – Como vai a dona Adriana? Ela já sarou?

– Ah, minha mulher está bem, obrigado. Foi um susto, não, rapaz? Graças a Deus, sua mãe apareceu na hora certa. Ela já estava quase sufocando. Se fosse esperar até me chamar na firma...

– Todos os vizinhos ficaram preocupados. Claro que não foi só a minha mãe.

– Mas foi ela quem tirou o carro da garagem e foi providenciando tudo. Dona Ângela é uma santa. Uma alma boa como eu vejo poucas por aí.

Ficaram em silêncio. O vizinho fez menção de entrar no carro novamente. Ou Rafael falava agora ou podia deixá-lo ir embora e esperar até outra oportunidade. Era uma escolha rápida, sem ter de pensar muito.

– Seu José! – ele chamou de novo.

O homem parou no meio do caminho. Era uma pessoa muito simples, os cabelos já bem grisalhos, o corpo magro. Tinha lá seus cinquenta e poucos anos e um certo ar jovial. Rafael achou que era pela sua simpatia, por estar sempre de bem com a vida.

– Quer me falar alguma coisa? – seu José perguntou.

– É... bem... Outro dia, o senhor me disse uma coisa a respeito do catalisador do seu carro. Tá lembrado?

– Ah... sei... O que você quer saber?

– Bom, o senhor sabe, é lógico, para que serve o catalisador, não é?

– Sei, claro. É para diminuir a poluição.

– Mas o senhor trocou o catalisador furado por um... como é mesmo o nome?

– O abafador? Mas é a mesma coisa! Antes o carro fazia um barulhão e agora acabou.

– Mas isso não significa que não esteja poluindo. Olha, seu José, o caso é que eu ouvi uma reportagem na televisão e me lembrei do senhor.

– Por quê? – ele franziu as sobrancelhas.

– Tinha um especialista dizendo que, com uma troca como essa que o senhor fez, o carro acaba poluindo muito mais. Umas vinte vezes mais.

O homem arregalou os olhos, com um ar de espanto.

– É, Rafael? Disso eu não sabia.

– O catalisador tem mesmo de ser usado, seu José.

– Bom, agora eu já gastei com isso aqui. Mas nós estamos pensando em trocar de carro. A gente precisa de um mais novo. Aí ele vem com o catalisador e tudo bem. Mas tá difícil, menino! Você sabe quanto tá custando? E eu não tô falando de carro zerinho, não!

Rafael tentou não se perder no emaranhado de coisas que o seu vizinho falava.

– Mas quem comprar o carro do senhor vai continuar poluindo do mesmo jeito!

Era um raciocínio tão óbvio que o seu José parecia não perceber. Que diferença fazia se quem poluía era ele, o vizinho ou qualquer outra pessoa a dezenas, centenas ou milhares de quilômetros dali?

O homem foi entrando no carro e disse:

– Filho, vamos fazer o seguinte: quando vender o carro, eu falo para o novo comprador tudo isso que você me falou. O que acha, hein? Agora preciso ir, que senão chego atrasado e descontam no meu salário. Aí, adeus carro novo.

Seu José deu um sorriso simpático, entrou no veículo, deu a partida e foi embora.

Rafael ficou um tempo ali parado, acompanhando o carro até perdê-lo de vista. Quando ia atravessar a rua, uma moto passou e buzinou.

Ele acenou quando viu quem era: o irmão do Gustavo, feliz da vida, pilotando sua moto nova.

E-mail 6

Amaral,

Faz um tempinho que não te escrevo. Minha vida anda tão corrida ultimamente! Tem as provas do final do ano, meu namoro com a Carina, que anda muito bem... Te falei da minha namorada?

É uma tremenda gata. Eu nem imaginava que ela pudesse gostar de mim também. A gente andou até brigando por causa de umas coisas... modos de pensar diferentes. Mas, depois, fizemos juntos algumas descobertas.

Primeira: eu, que era tão radical (isso era ela quem dizia) com as questões ambientais, que não enxergava muitas outras coisas, vi que, por exemplo, um meio ambiente degradado só contribui para aumentar as injustiças sociais, não é verdade? São as pessoas mais pobres que sofrem mais. Claro que no final todos nós sofremos. O planeta é um só para ricos e pobres.

Segunda coisa: ela, que também era tão radical (isso era eu quem dizia) com as questões sociais, e que não enxergava outras tantas coisas também, acabou vendo que o país pode crescer economicamente, mas sempre atento à preservação do planeta. Isso vai fazer com que a qualidade de vida das pessoas melhore e, consequentemente, as injustiças sociais diminuam.

E é aí que eu queria chegar: a Chemistry, depois de passar um bom tempo enrolando o pessoal da ONG, não teve alternativa senão atender o grupo.

Claro que os diretores da multinacional já vieram com propostas para continuar produzindo sem agredir o ambiente. Eles não são bobos, sabiam muito bem que era isso que o grupo iria cobrar.

O Leandro e seu pessoal deram exemplos concretos de outras indústrias da cidade, inclusive que já trabalham dentro dos padrões da ISO 14 000 (te contei que meu pai ajudou a implantá-la na indústria em que ele trabalha? Pô, Amaral, tô superorgulhoso dele!), e também citou as empresas que já substituíram caldeiras poluentes por gás natural. Quando eu estive no escritório da ONG, ele me contou.

É tanta coisa, Amaral, que eu nem sei. Só sei que aprendi pra caramba nestes últimos meses.

O Leandro acha que a Chemistry vai realmente começar a pensar com carinho em todas as propostas. A ONG Por Um Planeta Sustentável trabalha justamente para isso: conscientizar essas pessoas de que é possível ter lucros sem prejudicar o ambiente.

Será que eles vão conseguir, Amaral?

Eu, por enquanto, tento fazer o que posso. Outro dia deixei quase todo mundo aqui meio maluco porque, mal cheguei em casa, já fui apagando tudo quanto era luz, desligando aparelhos elétricos ligados à toa, tudo.

É que o professor de ciências estava justamente falando sobre isso na aula, dizendo que todo desperdício gera poluição também.

Você sabe que quando eu cismo com alguma coisa fico meio aéreo, desligado, pensativo. Quis entender melhor isso que ele falou. Então, comecei a prestar mais atenção nas coisas.

Veja só, eu fui comprar um CD e, além da caixinha e do encarte com as músicas, ainda tinha outra embalagem de papelão que vinha por cima.

No mesmo dia, minha mãe chegou do supermercado com uma bandeja de frios que, além do isopor, continha uma embalagem de plástico.

Agora, me diz se há necessidade de produzir tanto lixo. E isso, Amaral, são apenas dois exemplos de tudo o que andei reparando aqui em casa mesmo. Nós geramos poluição e nem sequer nos damos conta!

Cara! Isso tudo andou me deixando louco! Quase pirado. Tá certo que deixei meio mundo paranoico também. Até o coitado do irmão do Gustavo ouviu. É que ele comprou uma moto, e eu queria saber se ela causava mais poluição ou se já estava dentro das novas normas de fabricação. Ainda bem que ele não ficou bravo. Acho que até entendeu minha preocupação.

Eu acredito, Amaral, que nós mesmos podemos resolver certas coisas. Pequenos problemas que estão do nosso lado ou bem debaixo do nosso nariz, e a gente nem percebe.

Por isso resolvi ficar de olhos bem abertos, como você vive falando. Tá legal assim?

Tchau. Ah... Tô com uma baita saudade de você. Quando é que vai tirar férias, hein?

Um abração.

Rafa.

E-mail 7

Rafa,

Quer dizer que o meu sobrinho está namorando? Puxa! Você está melhor que eu, hein?

Gostei tanto da sua cartinha que você nem faz ideia!

Isso que você falou sobre o desperdício é realmente muito grave. Se as pessoas não mudarem de comportamento, o planeta não vai suportar muito mais, não.

A gente sabe, Rafa, que para a vida aqui na Terra ser possível, é preciso levar em consideração os seus recursos naturais e a forma como eles são usados, sem degradar o ecossistema ao longo dos anos, além da quantidade de lixo produzida. Daí a importância da luta de todos na preservação do planeta.

Concordo plenamente com você: para que produzir mais lixo, ainda mais sem necessidade?

É claro que não podemos radicalizar e condenar à morte tudo o que já incorporamos na nossa vida, como é o caso das embalagens descartáveis. Mas precisamos, sim, ter um sistema eficiente de reciclagem.

Rafa, eu também estou morrendo de saudades de você, da Ângela, do Marcos e do Brasil. Quanto às minhas férias, acho que vão demorar um pouco para acontecer. Em compensação, nossa ONG vai participar de um congresso sobre energias renováveis, em São Paulo, daqui a quinze dias. Prometo dar uma esticadinha na viagem e passar um fim de semana aí com vocês.

Eu ligo para combinarmos tudo. E pede para a sua mãe fazer aquela macarronada que eu adoro, tá bom?

Beijão.

Amaral.

Convite

— Almoçar na sua casa domingo?

– Claro! Por que o espanto?

– Sei lá, Rafa, nunca fui à sua casa e você já me convida pra almoçar e tudo?

– Que é que tem, Carina? O Gustavo também vai. Eu quero que vocês conheçam o Amaral. Ele é dez!

– Eu imagino, o tanto que você fala nele...

Rafael se aproximou e puxou Carina pela cintura. Era sexta-feira à noite e já estavam voltando para casa. Pararam em frente a uma sorveteria do bairro para conversar.

– Vai me dizer que está com ciúme? – ele brincou. Em seguida, deu um beijinho na boca da garota.

– Ciúme, Rafa? – Carina fez uma careta. – Tenha dó, né?!

– Não propriamente dele, mas... sei lá, de repente você pode achar que vou deixá-la num canto e ficar grudado nele...

A menina olhou para o namorado com o canto dos olhos. Parecia que o seu receio era justamente esse.

– Pode ser... – ela disse. – Você vive idolatrando esse seu tio...

– Isso, antes de conhecer você.

Rafael disse a frase com um jeito tão especial, tão amoroso, que Carina percebeu que ele realmente gostava dela. Que bom estar com quem se ama e sentir o quanto é amado!

Ela passou a mão pelos cabelos dele e sorriu. Beijaram-se com paixão, sem nem se importar com quem passava.

Carina abriu os olhos e, bem de perto, disse baixinho:

– E aquela história de você ir embora para a França?

A menina deixou a frase no ar. Rafael pegou a sua mão e voltaram a caminhar.

– É verdade que eu falei isso a minha vida inteira.

– E então?

– Acho que é bobagem eu ficar planejando essas coisas com tanta antecedência – ele puxou a mão da garota, fazendo com que parasse de caminhar. Olhou para ela e continuou: – Pode ser que eu vá, pode ser que não. Quem é que sabe?

Carina não gostou da resposta. Pela cara que fez, Rafael percebeu e achou que deveria explicar melhor as suas ideias.

– Eu não sei, Carina. E também não quero mais ficar fazendo planos. Não esse tipo de plano. Sabe, depois de tudo o que aconteceu por aqui, depois de eu ter conhecido o Leandro, a ONG... – ele deu um suspiro antes de continuar – muita coisa mudou na minha cabeça.

– Também acho que você mudou. Parece que está mais com o pé no chão.

– Por quê?

– Ora, porque antes você vivia sonhando com essa tal de ONG francesa do Amaral...

Rafael e Carina voltaram a caminhar, ainda de mãos dadas, os passos lentos, sem pressa alguma.

O garoto ficou pensando no quanto Carina estava certa. Ele vivia mesmo sonhando. Até a mãe lhe dissera isso. Que, às vezes, ficava triste, deprimido, porque via o Amaral realizando uma porção de coisas e ele ficava só no sonho. Adiando seu projeto de vida, que era ajudar a salvar o planeta.

Mas ele ainda tinha muito o que aprender. Primeiro precisava viver um monte de coisas que Amaral já tinha experimentado, para depois optar pelo seu caminho, assim como fez o tio. Tudo tinha o seu tempo certo.

E agora? Sentia-se assim ainda? Sonhando, confuso, sem entender nem concretizar coisa alguma? Pensou, pensou e concluiu que agora era diferente. Não sabia se já teria ou não realizado muita coisa, mas não sentia que tudo estava tão distante.

Seus sonhos e desejos pareciam mais palpáveis. O próprio contato com a ONG do Leandro, seu interesse pelos problemas da cidade, as pequenas atitudes que tomara, até mesmo dentro de casa, fizeram dele uma pessoa mais feliz, realizada, de bem com a vida.

Por isso, quando respondeu para a namorada, tinha plena consciência de suas palavras:

– Agora eu não vivo mais sonhando, Carina. Acho que enxergo as coisas de outro jeito. E me sinto mais feliz com isso.

Amaral

A figura que aparecia na frente de Rafael era de um homem magro, alto, os cabelos castanhos e curtos, alguns poucos fios brancos aparecendo. Vestia calça jeans, camiseta branca por fora da calça e tênis. E parecia bem à vontade.

Amaral, por sua vez, se viu diante de um garoto também magro e bastante alto. Aliás, muito mais alto do que da última vez em que o vira.

Deram-se um longo abraço assim que o tio desceu do ônibus, na rodoviária, perto da hora do almoço de sábado. Ângela e Marcos presenciaram o emocionante reencontro.

– Pô, Rafael! Desse jeito, você vai ficar mais alto que eu! Como é que cresceu tanto? – brincou o tio.

– Também, o que você quer, Amaral? Faz dois anos que a gente não se vê!

– É mesmo...

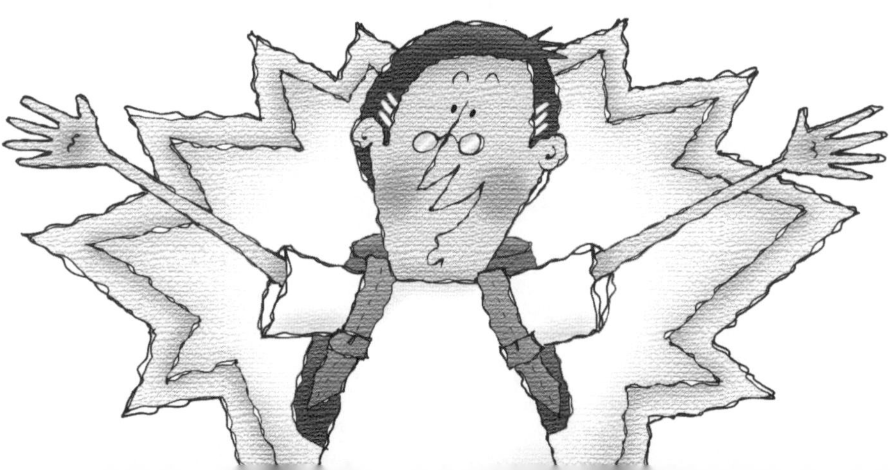

Amaral virou o rosto e viu a irmã e o cunhado esperando para abraçá-lo também. Ângela ficou superemocionada e até chorou.

– Toda vez que me vê você chora, Ângela. Até parece que não fica feliz quando eu venho para cá...

Ela deu um tapinha no braço do irmão.

– Seu chato! Você tem vindo cada vez menos para o Brasil...

Amaral deixou a irmã por um instante para cumprimentar Marcos.

– E aí, Amaral? Não está com saudade do Brasil, não? – perguntou o pai de Rafael.

– Saudade, eu tenho, vocês sabem. Mas o meu trabalho é lá.

– E como é que anda aquele lado do planeta, hein, cara? – Marcos brincou.

Amaral ajeitou sua mochila nas costas e começou a caminhar, seguindo Marcos e Ângela em direção ao carro. Ao seu lado, Rafael era pura felicidade.

– Bom, problemas ocorrem no mundo inteiro, né? O que difere é a cultura de cada país, o modo de encarar a vida. Mas a luta é a mesma, tanto aqui quanto na Europa.

– O Rafael te contou que anda frequentando reuniões de uma ONG aqui da cidade, Amaral? – Ângela perguntou.

– Ah, contou, sim. Achei fantástico!

– Quem sabe, agora, ele tire da cabeça aquela história de ir trabalhar na França com você – tornou a irmã.

Rafael só deu uma olhadinha para o tio com o canto do olho.

– E aí? – Amaral perguntou para o sobrinho. – Desistiu mesmo?

– Sem planos, cara – respondeu o garoto. – Primeiro vou fazer o Ensino Médio, depois prestar vestibular... Aliás, é bem provável que eu escolha engenharia ambiental.

– Muito bom! – disse Amaral.

– E depois... bem, depois eu resolvo. Tem muita coisa para ser feita aqui no Brasil também.

– E agora, além de tudo, tem a Carina... – completou Ângela.

Amaral deu um cutucão no sobrinho e piscou um olho:

– Acho que senti uma pontinha de ciúme nessas palavras, cara irmã.

Ela olhou para trás. Parou de caminhar e disse:

– Ciúme? Se eu não tive nem de você, vou ter da Carina?

– Ah... mas agora é diferente. Namorada é namorada. De repente, os dois resolvem estudar e ir embora para a França...

– Amaral! – Ângela bronqueou. – Quer parar de dar ideias?!

E puxou o irmão, mostrando o carro.

Marcos tirou a chave do bolso e destravou as portas. Ângela apontou o banco do passageiro e disse:

– Vai entrando aí e deixa de falar bobagens.

Esperanças

Amaral tinha morado a vida toda na mesma cidade que a irmã. Conforme o carro ia atravessando ruas e avenidas, uma sensação de conforto acomodava-se em seu peito.

Amava seu trabalho e já se acostumara com sua nova cidade, seu novo país, embora às vezes parasse muito pouco num único lugar. Seu apartamento ficava fechado por várias semanas e até meses. Talvez por isso estivesse habituado a viver longe, sem vontade de voltar e fincar raízes.

Mas era sempre muito bom rever sua cidade, o que tinha mudado, o que estava na mesma. E ela havia crescido um bocado em apenas dois anos. Aliás, como no mundo inteiro. A população aumentando e, com ela, o consumo de alimentos, de energia, o número de automóveis, a produção de lixo, a poluição... Amaral tinha um exemplo bem ali na sua frente, enquanto se dirigia à casa da irmã: aquele centro urbano, o trânsito difícil...

Durante o trajeto, o biólogo ficou imaginando quanto tempo o planeta suportará tanta gente e tanta agressão ao meio ambiente. De repente, ficou arrepiado, diante da possibilidade de a Terra entrar em colapso daqui a algumas décadas. E quanto aos recursos hídricos? E se não houver água para todo mundo? Será que os países entrarão em guerra para disputá-la, como fazem hoje por causa do petróleo? Os países mais ricos serão aqueles que tiverem a posse dos recursos naturais do globo?

Amaral olhava pela janela, a mente divagando diante de tantas perguntas sem resposta. Ficava assim de vez em quando, mas nunca deixava de acreditar que as pessoas um dia se conscientizarão de tudo o que possuem e não podem perder. Já houve perdas muito grandes até agora.

Rafael queria chamar o tio, mas ficou meio sem saber se deveria ou não deixá-lo perdido em seus pensamentos por mais algum tempo. De repente, achou que puxara a ele. Quantas vezes não o pegavam assim, com a cabeça no mundo da lua?

Amaral percebeu que o sobrinho o observava.

– Que foi, Rafa? – perguntou.

– Como é que foi lá no congresso? Você ainda não comentou nada.

– Ah, foi bom. Quer dizer, a gente sempre espera que tenha sido.

– Por quê?

– Bem, você sabe... Nós da ONG acreditamos que uma das soluções para o planeta poder respirar mais aliviado é o governo começar a investir em energias de fontes renováveis.

– São aquelas de fontes limpas, não é? Como a energia solar, do vento, das marés, a geotérmica, a biomassa... o Leandro já me falou sobre esse assunto.

– Isso! – Amaral ficou surpreso. – Puxa, você está mesmo por dentro de tudo!

Mas Rafael não ligou para o elogio e quis logo saber:

– E então? Vai dar certo?

– Não é tão simples. Os empresários do setor querem garantias. O investimento é muito alto e só será viável com incentivos governamentais. Vamos ver. Todos sabem que os combustíveis fósseis geram muita poluição. O governo também sabe e ele tem de investir na área. Isso já é uma necessidade, e a luta está apenas começando.

– Será que vai ser fácil, Amaral? Não sei, não...

E-mail 54

Amaral,

Tudo bem por aí? Aqui, mais ou menos. Tenho boas notícias e outras nem tanto. Quer dizer, preocupantes, eu diria. Vou contar tudo, depois você mesmo avalia.

Primeiro, os diretores da Chemistry finalmente entraram num acordo. Segundo o Leandro, nesta semana já aconteceu a primeira reunião da equipe encarregada de implantar a ISO 14000 na indústria. O Gustavo me contou que o pai dele também faz parte. Que legal, né? Vamos ver se agora eles se reestruturam de uma vez.

Até agora não vazou mais nenhum gás da empresa, mas a gente não pode bobear, certo? Temos de ficar em cima. Não podemos esperar que primeiro aconteçam os desastres para depois tomar providências. Afinal, como diz o ditado, "é melhor prevenir do que remediar".

Pô, Amaral, logo vou para o segundo ano do ensino médio. Dentro de alguns dias estarei de férias, graças a Deus. Lembra quando você veio visitar a gente? Já faz um ano, cara. Tá na hora de aparecer de novo.

Eu e a Carina estamos superbem. Sempre que possível, ela vai comigo à ONG. Você sabe que ela tem de ajudar a mãe, que é superocupada. Adoro a dona Alice, ela é um barato, além de muito inteligente. Tem um emprego, faz um monte de bicos, vive correndo, mas está sempre de bom humor e fala bastante. Nós sempre conversamos sobre um monte de coisas, inclusive ecologia.

Eu disse que neste ano a escola foi bem puxada, né? Por isso estou tão ansioso com as férias. Tive de estudar bastante, mas por um lado é bom. Assim já vou me preparando para o vestibular. Não falta muito tempo, agora.

Antes que você me pergunte, eu não mudei de ideia. Vou mesmo fazer faculdade de engenharia ambiental. A Carina ainda não resolveu o que vai cursar. Às vezes, ela vem com aquele papo de que não sabe se vai ter condições de bancar os estudos, que a situação da família está difícil, que isso, que aquilo...

Eu já falei pra ela que muitas pessoas também passam por dificuldades e ainda assim conseguem estudar. É ou não é, Amaral?

Você, por exemplo, precisou até morar com a gente porque não tinha condições de arcar sozinho com moradia, alimentação... Nem por isso deixou de fazer faculdade. E hoje tem um trabalho que adora, além de ser reconhecido e valorizado, não é verdade?

Não estou puxando o seu saco, não. Eu sei bem como o pessoal daí te admira. Você diz que o melhor de tudo é a sua própria opinião sobre si mesmo. Ok, mas continuo te achando o máximo, viu?

Ah, a notícia preocupante: uma grande metalúrgica vem para a cidade. Pelo que os jornais falam, as negociações com a prefeitura, que promete uma série de incentivos, estão quase no fim. Acho que começam a construção no começo do ano que vem.

A ONG por aqui já está de olhos bem abertos. O pessoal quer saber o que a indústria vai produzir, se tem algum tipo de controle de emissão de poluentes... várias coisas. Eu também não vou dar moleza, não.

Como será que vai ser, hein, Amaral?

Abração.

Rafa.

Este livro foi composto em Avenir e Rotis Serif e
impresso em papel Offset 90g/m^2.